輸入中

TYPING

點子出版
IDEA PUBLICATION

Q W E R T
A S D F G
Z X C V

輸入中

TYPING

大家好，我是尤奇，好久不見。

繼《當世四大天王：黎郭劉張》和《純文字》中的〈絕命賭徒〉出版之後，我一直都在構思不同的作品。終於，在今年完成了這一部《輸入中…》的故事。

時代轉變，網絡資訊和個人訊息主導社會，配上各式濾鏡的網上女神，充斥網絡。氾濫程度讓日常生活中的各式女生都會被隨意恭維幾句，跟街市的「美女、帥哥」一樣普遍。今次這部作品的內容圍繞著辦公室的四大女神，「女神」的定義是讓大部分男生都喜歡的類型，這裡說的類型不是樣貌身形，反而是個性和給人的感覺。

故事裡的女神們著墨不太算多，很多「點未到即止」的隱藏故事線，這是刻意為之的。因為篇幅所限，也不想模糊了主題。

然而，氾濫的，除了所謂的女神，還有資訊。

現今的社會，大人小朋友，人人拿著一部手機，明知被手機控制了日常生活，仍樂此不疲。公共交通工具上、等候升降機時、排隊中，以至生活上任何需要等待的每一分每一秒，各人的注意力，都落在各自手機屏幕上閃亮著的各式各樣的網上資訊、社交平台、遊戲……

都市人幾乎都離不開手機，這東西為我們日常生活帶來無盡的便利，節省了大量時間。偏偏，這樣一個可以隨身攜帶的小盒子，又以娛樂至死的碎片化資訊和短片，把節省下來的寶貴時間統統吃掉。

人類依賴電子產品，但有考慮它們的安全性嗎？方便到可以存取全世界的小盒子，有為我們提供到足夠的保護嗎？這些隱密的私人資訊，如果落入別有用心的人手上，會引起甚麼的災難呢？

故事中有不少角色，都沒有詳細交代他們的出現和結局，跟真實的人生一樣，其實遇到的大部分人，其實都只是個過客，匆匆出現、匆匆離開，無始無終。

有統計指出，一般人一生之中，平均只會認識五百至八百個人。所謂認識，要大家見到面，雙方都能叫得出對方的名字才算數。當然，不同性格或職業的人，這個數字也會有所不同，這個數字只是參考。

事實上，人生走到後期，還重視自己的人，可能只剩下十來二十個。自己發生了甚麼事，對其他幾十億人未必有甚麼大影響。

這幾年，香港以至全世界都發生了很多事，才讓人驚覺，原來相對的和平時代那麼寶貴。

離開的離開，留下來的，也只能看著香港這樣一個美好家園不復從前，著實令人心痛。香港的作家本來就很少，如今這種令人窒息的創作空間，無論音樂、話劇、電影、劇集、漫畫、小說，以至畫一幅畫、拍攝一張照片、發佈一個社交平台的帖子，也都如履薄冰。

可能這種末世的氣氛，才讓人更加學懂珍惜。

感謝出版社一直沒有忘記我這個八年才寫了兩個故事的所謂作家，讓我的第三個故事得以面世。香港的出版業非常嚴峻，看書的人、買書的人，也越來越少。不過，我始終相信生命會找到出路，因為永遠都有堅持走下去的人。

尤奇

目錄

輸入中

TYPING

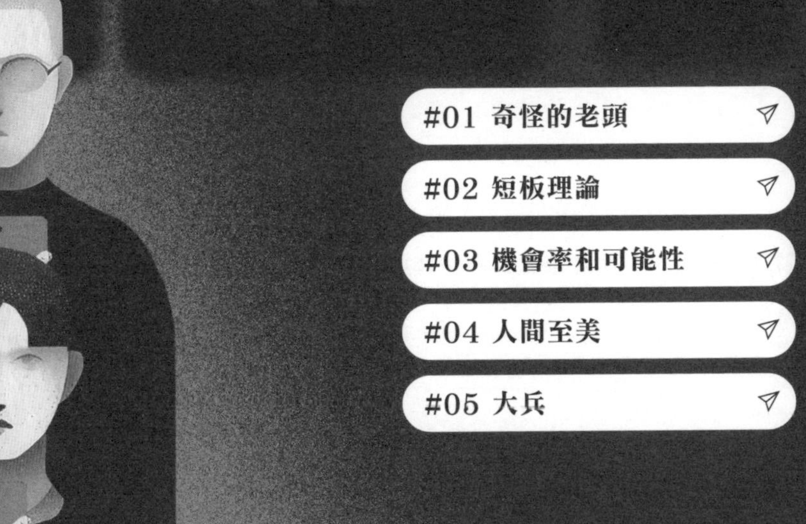

#01 奇怪的老頭

香港的三月本是乍暖還寒的時節，陰晴不定的天氣，令中環的街巷總彌漫著一層淡淡的潮意。

午飯後的時間，金融核心地帶開始騷動，職員們忙著結帳、揮別茶餐廳，蒞臨辦公大樓的步伐顯得尤為匆匆，彷彿每一分鐘都事關生死。然而，今日的故事就從一次突如其來的大雨展開……

十二點五十分，威靈頓街的雲層低垂，原本的陰天突然轉成了傾盆大雨。

林進勇、施樂晴、楊心瑤、任超四人，正好在附近的新派港式餐館用膳，他們都是輝騰國際金融公司近年招聘的年輕職員。平日一同吃飯，已有默契，今日情勢卻有點不同——他們沒有一人帶傘。

「進勇，你要是早知道會下雨，就叫大家都帶雨傘嘛！」施樂晴搖著短髮，一臉無奈地看向林進勇，她外表活潑爽朗，說話總帶著一點孩子氣。

林進勇吐一吐舌頭，嘻皮笑臉道：「哈，出門時天朗氣清，我怎麼知道突然會下雨呢？天文台應用程式的下雨提示也沒有彈出通知！」

楊心瑤細細地「咕」了一聲，將髮尾往耳後一撥，柔和卻帶著點嘲諷地說道：「你們別要推卸責任了。我出發前就問過要不要帶雨傘，你們兩人卻只顧吵嘴，一溜煙就跑到升降機大堂。這個雨勢，我這身新裙定會濕了。」

四人體格最壯的還要數任超，他平時少言，今次卻淡然加插一句：「理論上，中環這邊每逢初春都有雨。一到春天，出門總是帶著雨傘，一定有用。」

施樂晴用肘輕輕撞了任超一下，笑道：「嘻，事後孔明！書呆子也在開玩笑嗎？」

「我說的是事實。」任超不為所動，修長手指已經準備好手機：「要不我訂網約車？」

林進勇擺手說：「吓，一條街的路程，不會有司機肯接這單的。」

「那怎麼辦？走回公司要橫過無遮無擋的大馬路，雨勢這麼大，定會弄濕身。」施樂晴望向街外攤販，也無可奈何，一臉愁容。

就在大家愁眉不展時，小餐館店員借來一把極小的透明塑膠傘。「我們分成兩組，一前一後，也不會太狼狽吧！」林進勇打主意，把傘遞給兩位女同事，自告奮勇擋在前方説道：「我在前面，妳們在中間，一起跑回去吧！」

四人冒雨疾行，步伐急促，縱使下身的西褲裙腳早已濕了一片，仍帶著幾分笑意。

行人道的積水在皮鞋前濺起細細水花，偶有快步而過的上班族，還特意側身讓路，見他們互相照應，一副老友共患難的情景，亦令人莞爾。

到達辦公大樓門前，林進勇雀躍地跳進大堂，回望其他人説道：「哈哈哈，我第一個到，你們都輸了！」

跟著他進來的施樂晴拍了林進勇的手臂一下，笑著説道：「林進勇！你站在前面，是我們推你進來的，不公平！心瑤，妳説是嗎？」

楊心瑤附和著她，也輕拍了林進勇的手臂一下嬌嗔道：「樂晴說得對，堂堂一個大男人，就只會欺負我們這些女孩子。」

林進勇對楊心瑤明顯比較溫柔，卻還在狡辯說道：「哈，小超不也是個大男人，但卻最後才到。」

聽到林進勇這麼說，任超也不反駁，只是說了句：「沒關係，大家都平安回來就好了。」

林進勇的視線總是有意無意離不開楊心瑤，只見她左看右看，輕聲而溫婉奇道：「大家都被雨水淋濕了，唯獨我還很乾爽呢？」

「這才是女神的威力！」施樂晴學神探福爾摩斯，舉手指指楊心瑤，誇張地說道：「小心瑤，妳太可愛了，天生犯規，今日的優勝者就是妳啦！」

聽得施樂晴這麼一說，楊心瑤好像有點明白，一路上是林進勇替她遮風擋雨，粉臉一紅。

幾人打打鬧鬧地步入升降機大堂時，一把聲音從後方傳來。

「算吧！進勇，這兩位是我們辦公室的女神，她們不會濕身的，只會令男同事們心跳加速！」原來是市場部大哥文迪，他是施樂晴的上司，雖見林進勇濕漉漉的，卻露出羨慕的神情。

大夥兒發出一陣善意哄笑，連在升降機前擦頭髮的任超，都不禁嘴角上翹：「辦公室女神？有那麼誇張嗎？」

「當然啦！」文迪語氣誇張，似要煽動現場氣氛：「現在整條皇后大道中的公司都知道，我們輝騰國際有『四大女神』！」

施樂晴翻白眼道：「不是吧！你們把這大話傳到公司外面的人都知道？」

「這叫職場潮流！」文迪詳細解釋道：「大秘書楊心瑤風姿綽約、財務部有仙氣文青陳美瑜、人事部莫雅琳美艷剛強，還有妳這個可愛型的鬼靈精施樂晴，合稱『輝騰四大女神』！公司的各大群組常常說起妳們的！根據正式統計，百分之九十八的男人都會以這四類型的女性為夢中情人。」

林進勇半開玩笑地說道：「那麼我們IT部也有『四大癲王』？我、任超、阿常和阿良不夠精彩嗎？！」

一陣調笑過後，升降機「叮」一聲抵達地面。

眾人笑一笑，就各自鑽進升降機回到十八樓的輝騰國際，繼續下半場的辦公室生活。

他們卻沒有發現，商業大廈門外，站著一名西裝畢挺的老頭，打著傘透過落地透明玻璃，緊緊盯著他們四人，一臉凝重，直到升降機門關上。

老頭歎了一口氣，喃喃自語地説道：「年輕人，不好意思了，偉大的事，總要伴隨住一些無辜的犧牲。」

言罷，就一臉無奈地轉身離去。

#02 短板理論

回到自己的座位，林進勇略略擰一擰衣袖水汽，然後四下環顧這個辦公室——幾十個格仔座位，各部門穿梭忙碌，有人正低聲通話，有人正埋頭打字，洋溢著都會獨有的急促節奏。

因為要比鄰著二十四小時都在吵的伺服器，IT 部落腳地帶位於辦公室最邊緣，靠窗一排，外面正對著維多利亞港無敵海景。午後烏雲密布，林進勇盤腿而坐，剛剛拿下的外套尚未完全乾透。

任超坐他對面，翻開筆記型電腦即進入編程世界。

附近市場部的施樂晴則忙著補妝，用手機自拍，把濕髮和狼狽樣子拍下發送到 W 程式的公司群組，大喊「今日午飯有難同當」。

坐在大老闆門外的楊心瑤依舊端莊，取出絲巾輕輕擦過頸側，動作慢條斯理，彷如高雅禮儀的一部分。

這時公司茶水間傳來男女同事議諷：「看！四大女神都回來了！」林進勇忍不住偷瞄，茶水間裡的男同事眼光帶點調皮與欽

羡，皆因這四人的人氣與外貌，早成為公司裡最明顯的「傳說」。

市場部的大塊頭文迪沒半點掩飾，接口說道：「四大女神有各自風格——心瑤風情萬種、美瑜溫馴內斂、雅琳爽快直率、樂晴鬼馬惹笑——誰娶了她們都肯定幸福美滿！」

施樂晴當下反擊：「別甚麼甚麼女神呢！我顏值最低，現在壓力很大！」她語畢，左右托腮作出假嘟嘴，引得眾人大笑。

任超一向理性，難得開口：「長遠來說，男士選伴侶其實應該看短處多於優點，正所謂『短板理論』。」

眾人愕然，林進勇問道：「甚麼理論來的？」

任超沉穩答道：「以前的木桶，是用一條條木條圍起來釘裝而成，木桶能裝載多少水，不在於最長的一條木，而是看最短的一條。短板決定水位的高度。」

大家頓時活躍起來，施樂晴好奇問道：「即是說我有這麼多缺點，將來就不會幸福？」

任超搖頭說道：「不，每個人都不完美，找到有人視妳的缺點為優點，才最值得珍惜。」他說話時，目光帶點朦朧，不知想起甚麼回憶。

這時，一名穿著貼身西裝的女子走到IT部，唇紅齒白，舉手投足都彷彿自有一番儒雅風情——正是財務部陳美瑜。

「進勇，你可以替我看看這個報表嗎？格式似乎有點問題。」她語氣誠懇地向林進勇問道。

林進勇立即精神一振，滿臉通紅地跟著陳美瑜到隔壁會議室，一路上暗自竊喜：「這樣的公司，真是待多久都可以！」

會議室裡，陳美瑜將手提電腦屏幕旋向他，面容間困惑：「我想在績效評分表多加一列備註，會讓人更難明白內容嗎？」

林進勇認真檢視格式，邊看邊答道：「我覺得還好，看不明白的，大不了忽略備註，但看得明白的人就多知道一項資料。」

陳美瑜溫柔頷首，眼波微轉說道：「進勇真細心。」她淡然一笑，那種親切感令林進勇心猿意馬，旋即又想到楊心瑤。

一會兒，施樂晴和楊心瑤也陸續進來「幫忙測試投影機」，齊齊躲在會議室角落竊竊私語。

此時門外又湧進人事部的莫雅琳，冷酷中帶點直爽地向各人確認一下：「會議的一切設備和資料都準備好了嗎？大老闆一會兒要來開會，要是有問題，他又會發狂的。」她頓一頓，目光落在楊心瑤身上道：「他的脾性，妳最清楚。」

陳美瑜點頭笑言：「不用擔心，人多好辦事。」

莫雅琳輕笑：「哈！我這就放心了！」

施樂晴盤到別處說道：「對了，下週五的約會，妳們還記得嗎？」

楊心瑤答道：「當然記得！」

林進勇插口道：「約會？怎麼沒有人通知我？」

莫雅琳笑道：「不好意思，女士限定。」

眾人又是起哄一陣，氛圍既辦公又有趣。

到了下班時間，天色已轉暗，雨仍未停，玻璃窗水珠斑斑。

跟平時一樣，任超二話不說就揹起背包走了。

林進勇獨自一路行到電車站，回頭望望那樓層明滅的燈火，心頭是青春的溫度，也暗覺「四大女神」這一稱號，原來承載著城市裡每一個平凡職場人的小小夢想和嚮往。

他不知道，這一天的一場雨，會改變自己的命運。

#03 機會率和可能性

第二天上午，輝騰國際金融公司的IT部，林進勇和任超剛吃完午飯。

跟其他在中環打拼的人比較，IT部是比較另類，他們的日常工作，就是等待著同事們的電腦出現各種問題時，立即去解決。如果公司的軟件硬件都順利運行的話，他們是可以一整天都沒有工作的。

當然，很多時電腦有起問題上來，總是接踵而來。

這個上午，同事們的電腦都相當合作。任超樂得清靜，但林進勇回來不久，就連人帶椅移到他身旁。任超知道，這個寧靜的下午又完蛋了，臉上露出了失望的表情。

林進勇卻一無所覺，張口就說道：「小超，很閒吧？」

任超勉為其難地答道：「嗯，有一點點。」

林進勇道：「年輕人，工作是這樣子的，慢慢就會習慣，你知道嘛，我們這個部門的工作雖然簡單，但卻非常重要。你想想，如果公司的交易平台出了問題，沒有我們在，客戶們損失了金錢，投訴起來，怎麼辦呢？」

任超認真地回答道：「對！所以我們有完全獨立的後備平台，客戶們不會蒙受任何損失。另外，如果平台的系統真的出了問題，我們兩人也根本無法解決，只能通報軟件開發商那邊處理。」

見任超這個「小弟」答得頭頭是道，林進勇又顧左右而言他地道：「不過，就算平台沒有問題，我們還是不可或缺的一個重要部門。同事們有老有嫩，不是誰都有我們的電子知識，很多同事甚至分不清我們的工作範疇是甚麼……」

任超接著說道：「對呀，所有有『電』字的用品出問題，同事們都會找我們部門去解決，電話、影印機甚麼都算了，連公司的冷熱水機、咖啡機、感應燈，以至各同事的私人手提裝置，只要不能正常運作，基本上都會找上我們嘛！這個，早兩天不是已經說了第三次嗎？」

林進勇略顯尷尬地答道：「哈哈，知我者，莫若小超。剛才說的，不過是引子，正事還未說到。」

任超沒好氣地問道：「我們枯燥的辦公室人生，有甚麼正事可以說呢？」

林進勇正色道：「當然有正事，還要是終生大事！你這種下班就只會趕回家的小宅男是不會明白呢！」

任超搖搖頭道：「又想說心瑤嗎？」

林進勇喜歡上楊心瑤的事可謂人盡皆知，他答道：「怎麼是又呢？這次不同嘛，昨天你看不到嗎？她拍了我的手臂一下，網絡文章說，女孩子對你有意思，才會願意主動跟你有身體接觸的。」

任超沒好氣地說道：「樂晴也拍了你一下，難道又喜歡上你嗎？」

林進勇道：「不一樣吧！你沒有看見心瑤看我的眼神嗎？明顯跟別人不同。」

任超奇道：「有何不同呢？」

林進勇道：「就是明明對對方很有好感，但卻要表現得跟其他

人一樣的態度。」

任超為之氣結道：「即是表面上跟其他人毫無分別吧！」

林進勇反而不耐煩地説道：「唉！跟你這種沒有戀愛經驗的宅男説這些男女之事，簡直是對牛彈琴。」

任超道：「誰跟你説我沒有戀愛經驗呢？」

林進勇笑道：「你這人一下班就趕著回家，平時又沒有人找你，興趣又只是一堆電子程式，想想都知道你是個妥妥的單身狗吧。」

任超被揶揄了一番，也不動氣説道：「那麼，你這位戀愛專家有何妙計討得心瑤小姐的芳心呢？」

林進勇胸有成竹地笑道：「根據統計，百分之八十以上的拍拖人士，至少有一方都經歷過表白的，所以只要我直接向心瑤表達我的愛意，她肯定會答應的。」

任超平靜地搖頭道：「不，這是倖存者偏差，因為你只問正在

拍拖的男女，就直接排除了一直表白失敗而一直單身的人。數據不準確，是統計學上常見的盲點，直接影響到結論的可信度。」

林進勇輕罵了一句道：「小超！你又潑冷水了，怪不得你這個人一直單身了。」

任超吐一吐舌頭：「哈哈，勇哥，我不過是以事論事，不用放在心上。」

林進勇旋即又神不守舍地自言自語道：「表白就是五十五十、一半半的機會率，應該一試，對吧！?」

聽到這句任超自己以前也曾經説過的話，他心中一陣刺痛，但仍能保持鎮定、條理分明地回答道：「不是一半的機會率，是表白了，就會出現兩個可能性，接受和拒絕，但這兩個可能性發生的機會率，卻不是一樣的。」

聽得一頭霧水的林進勇看一看任超，搖搖頭道：「你這個科學怪人，就是這麼不通情達理。」

任超沒有理他，繼續解釋道：「即是一粒骰子，要擲出六的可

能性只有兩個，就是擲得到和擲不到，但擲到六的機會率，其實只有六分之一，擲不到六的機會率卻是六分之五。這就是可能性和機會率的分別。」

林進勇有點明白任超在說甚麼，頹然地問道：「小超，即是說，你也不同意我去表白吧？唉！」

見到林進勇一副寢食不安的可憐模樣，任超心中一軟，向他堅定地說道：「不！這只是理論，你如今已經變成了『薛丁格的貓』，就處於半生半死的狀態。只有表白了，你的情況才能確定下來。所以，我支持你，我覺得心瑤接受你的機會率是百分之五十一，去吧！」

「太好了！」得到任超的鼓勵，喜出望外的林進勇雖然完全不知道甚麼是「薛丁格的貓」，但也開始籌備他的表白大計了。

誰想得到，楊心瑤的回應，竟然出現了第三種可能性呢。

#04 人間至美

當日中午，為了給林進勇製造表白的機會，任超找了個藉口，把平時一起吃午飯的施樂晴支開了，說有些事要單獨問她，讓她和自己吃午飯，還要她保守秘密。

施樂晴個性單純，雖然覺得有點奇怪，但沒有想太多就答應了。

午飯時間，施樂晴跟楊心瑤說了句：「今天有約。」就立即離開了公司。後者來到升降機大堂，只見到林進勇一人，就問道：「咦，小超呢？樂晴今天約了人，不和我們一起午飯。」

林進勇心中叫好，表面上裝模作樣地叫了一聲答道：「噢！這麼巧？小超今天也不跟我們一起午飯。」

楊心瑤也沒有深究，反正也不是第一次跟林進勇單獨吃飯，隨便應了句：「哈！那麼今天我們二人世界了。」

林進勇聽得心中一蕩，認定了楊心瑤是跟自己是「兩情相悅」了！

兩人如常地閒話家常，說說公司的八卦是非、最近的時事熱話、以至潮流焦點，邊行邊說就到了其中一間他們平常會去用膳的餐廳。

整個午飯時間，林進勇都顯得神不守舍，好在楊心瑤年紀雖輕，但卻很懂人情世故，一點也不以為意，還談笑風生，沒有一點尷尬。

午飯在愉快的氣氛中渡過，林進勇沒有想太多，認為這是一個適合表白的訊號。

話雖如此，但一直到吃完飯結帳，林進勇都鼓不起勇氣跟楊心瑤表白。

離開餐廳後，兩人步行回公司途中，經過一個噴水池。

這天天氣很好，跟之前一天完全相反，春天就是這樣子，天氣陰晴不定。

有幾個小朋友在噴水池邊的空地玩耍，其中一個小女孩眼睜睜地看著剛剛路過的楊心瑤。

一個皮球不知從哪裡飛過向楊心瑤，身邊的林進勇一手把球拍走，想以一場英雄救美為之後的告白鋪墊，但情急之下，皮球卻彈向那個看著楊心瑤的小女孩。

「哇！」小女孩被皮球擊中後，立即坐在地上大哭起來。

楊心瑤立時手足無措，半責怪地瞅了林進勇一眼後，就立即蹲下，抱起小女孩。

其實小女孩只是輕輕被皮球碰到，並沒有受傷，向楊心瑤做了個鬼臉，由衷地説道：「姐姐，妳好美啊！」

得到小女孩的稱讚，楊心瑤心花怒放，抱起了小女孩説道：「多謝妳，妳將來也會長成一個大美女的。」

在陽光照耀下，看著這樣天使一般的楊心瑤，林進勇忍不住也説了句：「妳好美啊！」

楊心瑤俏臉轉紅，立刻放下小女孩，轉頭向林進勇嬌嗔道：「平時一本正經的 IT 宅男，原來都是嘴甜舌滑的口花男！」

林進勇深吸一口氣，正容看著她，真誠地說道：「我不是腳踏七色彩雲的蓋世英雄，我只是個上下班坐電車，只管看手機的普通上班族，但我會一直陪著妳去做妳喜歡的事情、一起吃妳喜歡的食物，讓妳每天都過的開心快樂。我喜歡妳，請妳給我一個機會，讓我做妳的男朋友。」

楊心瑤露出了驚訝的笑容，猶豫了半晌，緩緩說出她的回應。

#05 大兵

回到公司，林進勇心不在焉地告訴了任超剛才發生的事。

聽到林進勇告白的內容，因為對白太過老土，任超強忍內心想指著林進勇瘋狂恥笑的衝動，整個人抖震地問道：「心瑤聽到妳……這樣説……她……怎樣回應？」

林進勇絲毫沒有察覺到任超的異樣，答道：「她説：『不是不喜歡你，但是也不能確定喜歡你，我想再觀察一下。總之，我們先繼續朋友和同事關係吧！』」

果然出現了答應和拒絕以外的第三個可能性，感情事，真不是科學所能夠解釋的。

任超直截了當地説了句：「兵！」

「甚麼？兵？」林進勇怪叫一聲。

任超繼續解釋説道：「對！心瑤要把你收作她的兵，以前叫你這種備胎工具人做觀音兵，但近年這類人的行為越來越低下卑微，為免褻瀆神明，所以刪去了觀音兩字。」

林進勇心道：「這人真的甚麼都不懂，還是不要跟他說比較好。」逕自走回自己的座位。

這時，人事部的莫雅琳走了過來IT部。

林進勇立即自作聰明地招呼道：「咦！雅琳，電腦出了問題嗎？致電給我就可以，我馬上就跑到人事部，把妳的電腦修好。」

架著眼鏡的莫雅琳笑道：「哈，你誤會了，我的電腦沒有任何問題，只是今年公司的週年聚餐定了在下個星期五晚上。瑛姐怕大家錯過了剛發出的電郵，所以叫我到各部門親口通知大家，好好準備。」

瑛姐是人事部的主管，莫雅琳的上司，在公司工作多年，對新入職的同事卻不太友善。

整天都沒有看過電郵的林進勇口裡說道：「哈，這麼重要電郵怎會忽略了呢？我一早就看了，內容寫得很清楚，我們會準時出席的！辛苦妳了。」

莫雅琳說了句：「不用客氣。」

正要離開 IT 部，剛剛說起的瑛姐卻氣急敗壞地走了過來。她神色不善，向著林進勇和任超二人粗魯地叫道：「怎麼今天的電郵都發不出去？電腦大爆炸了嗎？」

古代有六部，六部之首是為「吏部」，掌管官吏的升遷調配，以至薪酬安排，權力極大。吏部的頭子叫「吏部尚書」，又稱「天官」，代表大得不能再大的官，官場中人盡皆爭相巴結，沒有人敢得罪。如果輝騰國際金融公司是一個朝廷，那麼這個天官就是人事部的主管瑛姐。

身形肥胖而且年紀不小的瑛姐雖然麻煩、作狀、虛偽、討厭、暴躁、沒有邏輯而且態度惡劣，但公司上上下下都只會避之則吉，而不會當面跟她起衝突。

任超聽到她這麼大吵大鬧，馬上站起來，平靜地跟她說道：「可能是電腦跟伺服器的連接有點問題，我跟妳去看看。」

兩人走後，留下的林進勇和莫雅琳面面相覷。

莫雅琳奇怪道：「原來瑛姐的電郵還未成功發送出去，但你剛才不是説已經看了，還説寫得很清楚嗎？」

謊言被當面揭穿，林進勇尷尬得無地自容，卻順口胡謅道：「噢！可能是我剛才檢查伺服器的電郵時看到的，誤會了。哈哈哈哈！」

莫雅琳恍然大悟，説道：「原來如此！」言罷就離開了 IT 部。她説話親切得體，但始終有種拒人千里的感覺，讓人難以親近。

「叮咚！」突然，林進勇的手機震動了一下。他拿出手機一看，那個叫 W 的通訊程式彈出一個通知：

【已有更新版本擴充包，是否下載並安裝？】

「哈，我讀 IT 的嘛！香港幾乎所有人都在用 W 程式，但哪有甚麼擴充包呢？是木馬程式吧！想騙誰呢？最後答案？當然是『否』吧！」林進勇自言自語之後，正要按下那個「取消」的選項。

「鈴鈴……鈴鈴……」手機鈴聲響起。

手機屏幕顯示著一個從未見過的來電號碼，林進勇按下接聽鍵，說道：「喂。」

「林進勇先生嗎？這裡是中區警署，我想，你要過來一趟了。」電話那頭慎重地說了幾句。

還未答覆，林進勇再看一眼來電號碼，同時發現 W 程式的更新通知已經消失了，只是不知是按了哪一個選項。

輸入中
TYPING

#06 初遇女神

下班後，林進勇應中午致電給他那警員的要求，乘坐電車前往中區警署。

電車是香港島一道全球獨有的風景，車速雖然比起其他交通工具較慢，但便宜的車費很適合島內的短途行程。不過電車最大的特色，是它給人的感覺，恬靜、優雅、輕鬆、和諧，其中，緩慢的車速更是這個極繁忙城市中格格不入的清泉。

家住港島的林進勇很少乘坐巴士地鐵，他一向很享受乘坐電車帶來的寫意，但現在的他，滿腦子都是楊心瑤的倩影。

回憶起兩年前，林進勇第一次見到楊心瑤，就已經被這個讓人熱血沸騰的美人兒深深吸引住。

當時，他在這公司工作了三個月，總算適應了公司的運作。楊心瑤則剛剛加入輝騰國際金融公司，她是大老闆的秘書。替新入職的同事設置個人電腦，是林進勇其中一個主要職責，那天早上，他第一次見到楊心瑤。

那天，她頂住一頭烏黑直髮，身穿淺白色的連身裙，黑色絲襪配上深紅色尖頭高跟鞋，大方成熟又透出絲絲性感。

因為之前一個工作天，林進勇已經把新人的電腦設定好。那天早上，只要讓楊心瑤設定好自己的個人密碼，和指示一下她常用程式的位置就可以。這些基本的交代完成後，林進勇就向她說道：「記好妳的個人密碼，電腦有甚麼問題就致電我們IT部吧。」

林進勇正要離開，楊心瑤突然向他叫道：「不好意思，我叫你進勇吧！今天第一日上班，不熟悉附近的環境，你知道附近有甚麼好吃的嗎？」

第一次有女孩主動跟自己談及工作以外的內容，他有點不知所措，表面上卻不動聲息，平靜地回答道：「哈，我也是來了這公司三個月，只試了幾間餐廳，總之不要吃對面的KK園餐廳就好，很難吃的。」

楊心瑤友善地答道：「那麼有吃過哪一間好吃的嗎？今天中午，如果沒有約，可以帶我去嗎？」

聽到美人的邀約，林進勇當然求之不得，心中狂喜，勉強抑制住大叫的衝動，盡量平淡地回答道：「可以呀，午飯時間我過來找妳一起用膳吧。」

楊心瑤露出一個甜甜的笑容，有禮地回答道：「太好了，你真是個好人。」

已經神魂顛倒的林進勇勉強保持住冷靜，慢慢走回自己的座位。當時的他，完完全全相信自己是天選之人，美好的姻緣原來早就注定了！孩子的名字？當然已經想好了。

可惜，現實卻比想像冰冷得多。

好不容易等到午飯時間，林進勇哼著歌，把本身就沒有甚麼髮型可言的頭髮弄得整齊一點。轉頭跟只入職了一個月的另一名新同事任超說道：「小超，不好意思，今天佳人有約，不跟你吃飯了。」

見任超露出詫異的表情，林進勇進一步解釋道：「作為一個血氣方剛的優質年輕男子，跟女同事們約會是很平常的。不用大驚小怪，將來某一天，你達到我的水準，你就會明白的。」

說完，他就頭也不回地走出 IT 部，盡顯瀟灑。

楊心瑤是大老闆的新秘書，正正坐在大老闆房間的門外，方便處理日常工作。

林進勇去到楊心瑤的座位時，有一名短髮少女站在枱前跟她攀談。

見到林進勇走過來，楊心瑤先向他露出一個友善的微笑，隨即說道：「哈，今天跟樂晴聊了幾句，原來她也是最近入職的，我叫了她也一起吃午飯，你不介意吧？」

看清楚短髮少女的模樣，原來是市場部的新同事施樂晴，林進勇難掩內心以為可以跟楊心瑤單獨約會的失望，強行擠出一個笑容說道：「哈，當然不會介意，難得跟兩個美女一起吃飯，太幸福了吧！」

施樂晴活潑地笑道：「哈，不只我們兩個美女，還有他。」言罷，她向林進勇後面的人招手。

林進勇轉頭一看，見到任超正在尷尬地走過來。

施樂晴解釋道：「之前跟小超說了兩句，也約了他一起吃飯，多些人，熱鬧一點嘛！」

林進勇呆了半晌，故作輕鬆地回應道：「哈哈哈，沒關係，我跟小超同一個部門的。哈哈，我也正想叫他跟我們一起。哈，我怎會介意呢？」

楊心瑤說道：「太好了，我們可以出發了。進勇，你沒甚麼事吧？你臉色很差。」

林進勇勉強說道：「沒事……沒事，天氣太熱罷了。」

自此之後，他們四人便開始混熟，進而成為了公司的午飯飯腳，直到現在。這兩年來，林進勇始於忘不了初遇楊心瑤的驚艷感覺。

終於到站了，林進勇又回到現實，下車步入警署。

#07 兵不厭詐

原來，下雨那一天，林進勇的錢包遺留了在餐廳，有人把銀包送到警署，所以警署通知他來取回。

辦妥所有手續之後，林進勇順利取回自己的錢包。不幸中的大幸，所有證件和信用卡都沒有遺失，連現金也沒有少。步出警署的時候，他的手機「叮咚」響了一下。一看之下，見到一連串的通知。

【一小時前 - W+ 已完成安裝】
【剛剛 - 正在進行系統更新，請勿關機】

「這是甚麼？」林進勇有些疑惑——他下意識以為是 W 程式的系統自動更新，但仔細一想，自己的電話沒有設定自動更新程式的授權。

他覺得不對勁，馬上嘗試將安裝頁面關閉，不料系統自動跳出提示：【請耐心等待 W+ 配置完成。本程式由 HKUU Lab 協助，已獲得用戶默認授權。】

林進勇話語帶著疑慮：「我從未安裝過這個程式啊？」

接著顯示：【現正同步你的通訊錄及主流社交程式，以提升辦公效率。讓團隊資訊暢通無阻——W+ 為你綜合所有溝通渠道。】

鎖屏重開後，他查看手機上已安裝的應用程式，卻發現桌面下方新增了一個 W+ 標誌，圖案跟 W 程式幾乎一樣，只是小信封的顏色，由綠色轉為了淺藍色。

這時，他的 IT 工程師本能浮現，開始警覺起來。他查看應用權限，發現 W+ 已取得聯絡人、訊息、相機、咪高峰等幾乎所有權限。「這個權限太誇張了吧。」他試著卸載，但沒辦法，系統提示無法移除這個程式。

接著，手機又跳出提示：【歡迎體驗 W+ 智能協作工具，助你提升工作效率，方便溝通。】語氣客氣，充滿濃厚的科技感。林進勇猜測會否是 W 程式推出新軟件，只是自己平時沒有特別留意。

好奇心驅使下，他打開了這個不明來歷的應用程式。

打開程式，W+ 介面幾乎跟 W 程式一模一樣，只是對話欄清

空了，只有通訊錄。

「叮咚！」原裝正版的 W 程式送來一則通知。

【WW － 剛剛 － 楊心瑤向你發送了一則訊息。】

看到楊心瑤的名字，站在紅綠燈前的林進勇精神為之一振，他馬上關掉那個 W+，急不及待打開了 W 程式的訊息內容。

WW － 楊心瑤：「進勇，今天可以跟你一起吃午飯，真的非常愉快，謝謝你這麼坦白。我一直知道你對我很好，你也是個值得信任的人。其實，我最近工作很忙，家裡還有些事情，暫時沒想過談戀愛。更重要的是，我很珍惜現在跟你，還有公司同事們一起相處的關係。如果我們真的嘗試了，之後發現不合適，恐怕這份難得的友情就會變得尷尬，反而不好。我們可以繼續成為好好好好好好的朋友。或者，某一天我們真的可以走在一起呢？誰敢說沒有可能呢？總之，謝謝你一直以來的照顧，之後也請繼續多多關照。」

WW － 林進勇：輸入中……

思前想後，林進勇一個字也打不出來，他不知道應該怎樣回覆楊心瑤，不回答又不是。

一方面，他對於自己衝動地表白不無後悔，但他又的確很想知道對方的心意。直接表白，又似乎是他能得到答案的唯一辦法。如今，只得到這六個「好」的朋友級別，恨錯難返。

WW－林進勇：「心瑤，不好意思，今天把妳嚇壞了。不過我說的一切都是真心的，我會一直對妳好的。」

WW－楊心瑤：輸入中……

回覆了楊心瑤，林進勇舒了一口氣，一面在繁華鬧市中穿梭，一面還死死盯住 W 程式的那一個「輸入中」。

「叮咚！」

WW－楊心瑤：「好的，一言為定，你說過的，一定要算數。」

WW－林進勇：「一言為定！」

跟楊心瑤「言歸於好」之後，林進勇感覺跟她的關係邁進了一小步。至少，她知道自己喜歡她，也沒有疏遠自己。

想到這裡，站在電車站前的林進勇輕拍自己的臉頰兩下，把之前的抑鬱一掃而空，愉快地大笑起來，引來途人的側目，但他絲毫不覺尷尬。

胸無城府，開心就笑，憤怒就叫，這個就是林進勇！

#08 羨慕妒忌恨

第二天早上，辦公室一如既往地忙碌，當然，除了 IT 部。林進勇本想繼續跟任超分析一下自己和楊心瑤的關係和發展前景，電話卻突然響起，螢幕顯示「財務部 - 陳美瑜」。

同樣年輕的陳美瑜是財務部文員，斯文恬靜，氣質像從瓊瑤小說裡走出來的女主角，說話有禮，聲音溫柔。

「喂，進勇？我的 Excel 又當機了，可以幫我看看嗎？」陳美瑜的聲音從電話那頭傳來，帶著一絲抱歉。

「沒問題！馬上到！」林進勇一口答應，掛上電話就走向財務部。

財務部在十八樓的另一端，林進勇穿過一排格子間，路過市場部時，聽到施樂晴的笑聲。她正拿著一塊波板糖，對著同事們指手畫腳地說道：「我跟你們說，昨晚我在尖沙咀吃的那家茶餐廳，菠蘿油簡直是人間美味！」

林進勇忍不住多看了一眼，施樂晴果然像隻快樂的小精靈，

很有感染力。他心想，這女孩大概是整個輝騰金融的開心果。

到了財務部，陳美瑜已經站在她的座位旁，穿著白色襯衫和淺藍色長裙，氣質溫婉得像一幅水墨畫。她見到林進勇，微微一笑道：「進勇，不好意思，又麻煩你了。」

「小事，小事！」林進勇這兩天做甚麼事都提不起勁，但仍故作輕鬆，坐下來檢查她的電腦。

他偷偷瞄了一眼陳美瑜桌上的小擺設：一本《紅樓夢》和一個迷你泳圈掛飾。林進勇心裡暗想，這個時代還有人看《紅樓夢》嗎？這麼文藝的女生，怎麼會在財務部這種數字地獄工作？

修電腦的過程中，陳美瑜站在一旁，林進勇隨口說道：「哈，原來妳喜歡看書。」

陳美瑜輕聲答道：「我爸是個老師，從小就教我背詩詞，可我偏偏對數字過敏，Excel 一當機我就頭大了。」

林進勇聽著陳美瑜溫柔的聲線，心裡一陣暖流，卻只敢回答道：「嗯，Excel 有時是挺頑皮的，不是人人的話都聽。」

陳美瑜見他說得古怪，「吱」的一聲笑了出來，突然又自覺失態，馬上用手擋在嘴巴前。

印象中，這是林進勇第一次見到她的笑容，她平時倒是很端莊的。

好不容易修好 Excel，陳美瑜送了他一塊本來放在自己枱上的朱古力，笑道：「謝謝你，進勇，你真是我們部門的救星。」林進勇拿著朱古力，滿臉通紅，連聲說「不客氣」，然後逃回了自己的座位。

途中，林進勇為了經過一下楊心瑤的座位，走了遠一點的路回去 IT 部。

遠遠望向楊心瑤的座位，卻見到一個西裝畢挺的男人站在她的座位前，原來是輝騰國際金融公司的財務總監，也是老闆兩兄弟之一的弟弟蔣永祿。他高大威猛、風流倜儻、風趣幽默、位高權重、多金又親民，是公司一眾女同事的白馬王子。

不知是公事還是私事，只見他跟楊心瑤在開了個不知道甚麼玩笑，聽著她發出銀鈴般的甜笑聲，林進勇心中很不是味兒。

剛剛在陳美瑜身上得到的一點溫暖，就立即被吹得煙消雲散。他一轉身，帶著一絲愁緒就回到那不起眼的 IT 部。

正要跟任超説幾句幹話以排遣一下愁思，手機傳來「叮咚」的微震。

【W+ 已完成所有同步。你現在可瀏覽部門群組最新動態。】

在辦公室百無聊賴，加上好奇心驅使下，林進勇打開了那個奇怪的 W+ 程式，驚訝地發現 W+ 介面的列表中出現了 W 程式圖標，點擊後，他竟能讀到不僅是自己的對話——而是其他公司同事近來的聊天內容！

#09 潘朵拉盒子

看到這個 W+ 程式竟然能夠看到同事們的 W 程式對話內容，林進勇下意識嚇了一跳。他發現這些內容不僅包含他平時參與的群組，還包括他從未在程式中對話過的同事。

例如，他看到施樂晴剛剛傳給大學舊同學的自拍，還能看到雙方的所有回應；IT 群組裡任超在討論明天要不要升級伺服器版本；甚至市場部群裡有同事在猜誰會最早跟「四大女神」脫單。

林進勇心跳加速，把頭突出辦公座位的分隔板，左顧右盼，見其他同事都如常工作，沒有異樣。

他再次翻查 W+ 程式，介面底部有一行小字：「W+ 遵守地方法律，資訊僅供個人閱覽，請勿外洩。」卻未見登出或刪除程式的選項，語氣反倒有些戲謔。

林進勇一邊吃著陳美瑜給的朱古力，一邊回想這幾天手機的奇怪通知，但腦中一片空白。

他確信自己沒有點過甚麼可疑連結，而這個 W+ 程式卻在完

全沒有得到自己允許下自動安裝了，這種隱秘技術雖然某些木馬程式可能做到，但以他本身的 IT 知識，理應不會被這種惡意程式入侵。

「難道真的被黑客攻擊了？」想到這裡，他感到一陣冷汗。

同時也懷疑這或許是公司內部測試，因為他發現這個程式安裝和同步的時候，他的手機都連上了公司的 Wi-Fi，但如此入侵員工私隱的設計，與平常認知完全不同。

更加詭異的，是他嘗試恢復手機原廠設定，但 W+ 照舊在桌面上「完好如初」。即使清除資料、再三嘗試移除，這程式仍像幽靈般迅速恢復。此時手機電量驟降至百分之十，螢幕提示：

【W+ 現正推薦熱門話題：公司內部感情網大揭秘——點擊查看真相。】

林進勇此刻已經大感不安，他意識到自己可能捲入一個遠超想像的監控或資訊外洩事件。

他連忙登上多個程式開發討論區、技術論壇，以至黑客暗網

頻道查詢，卻絲毫找不到任何有關「W+」的公開討論紀錄。只偶見有人抱怨最近手機會自動安裝陌生程式，但都語焉不詳，似乎都是談及一些詐騙軟件。

林進勇把手機接上電腦，手機內各項裝置資訊和系統資料看起來一切正常，唯獨 W+ 資料夾的權限卻與手機本身系統核心程式無異，完全無法移除。

從技術角度看，他知道這現象只有在獲得最高管理權限或作業系統層級推送時才會出現。這代表，要不是公司高層授權部署，就是 W+ 本身擁有遠超尋常的後門入侵能力。

漸漸地，他發現 W+ 讓他能瀏覽各部門的 W 程式群組，「飯腳會」、「市場部八卦群」、「財務秘笈群」，以至於同事間的私人訊息，統統無所遁形。他更讀到一些私密的內容——

——楊心瑤和莫雅琳在聊：「今天進勇表白的事，真不知道要不要親口跟他詳談，畢竟不想影響朋友關係。」

——任超與外部工程團隊討論：「你發現這新上市的程式了沒？有個新功能挺好用的，可以考慮加入公司程式的下一次更新。」

——陳美瑜對母親吐露：「最近 Workload 有點吃不消，壓力好大，上司經常突然檢查我的工作，很煩。」

這一瞬間，林進勇彷彿成為唯一的「全知」觀察者。他既感受到某種權力，也感到背負著不該知曉的罪惡感。擁有了進出他人內心世界的鑰匙，他卻開始懷疑自己是否能承擔這樣的負擔。

W+ 彈出新建議：**【試用『提要模式』，自動追蹤辦公室各大熱話，讓你隨時掌握職場動態。】**

林進勇猶豫著點擊了「好」，然後看到程式把全公司熱門話題列出，例如：「誰正在暗戀『四大女神』？」「薪酬晉升秘密有哪些？」「新 IT 政策誰最反感監控？」「上司背後怎麼評價下屬？」頁面下方還提供一鍵播放「錄音轉寫」選項，甚至連管理層辦公室的聊天、茶水間閒談，也一一被程式自動整理成可閱讀的文字。

天色已經開始昏暗，辦公室內一切如常，還偶爾傳來其他部門的嬉笑聲，手機螢幕映著的微光，卻讓他似乎掉進了另一個世界。

林進勇反覆思量：為甚麼 W+ 只出現在自己手機？它到底是

公司新開發的工具，還是敵對勢力部署的間諜系統？如果它是惡意監控軟件，為甚麼只有自己收到，其它同事全無異狀呢？

下班時間，他不動聲色下班回家，沒有把這個 W+ 的程式的事告訴任何人，也沒有再打開這個 W+，一直思潮起伏，整夜未眠。

翌晨，他發現手機桌面上 W+ 標誌依舊醒目，首頁推送：【今日十時，行政部內部會議大揭秘。】他決定暫時按兵不動，先觀察一整天。

上班路上，他始終未能釋疑，繼續詳細調查 W+ 程式的背景運作，卻沒有發現。

回到公司，林進勇發現在連上公司 Wi-Fi 後，W+ 就能即時提取所有公司同事 W 程式裡的訊息，但身邊同事卻毫無異樣，沒有人提及手機出現異常。

午餐時，四人一起用餐，林進勇默默觀察他們的手機桌面，驟眼看也沒有見到 W+ 的圖標。餐間施樂晴還在抱怨新推送的健康數據程式：「最近手機經常提醒心跳和睡眠，好像比我本人還關心自己。」

林進勇配合著說：「是啊，我的手機都快比我還懂我自己了。你們會不會覺得科技越來越難讓人放心？」

任超聳肩輕笑：「AI 未必有那麼厲害，她永遠無法完全理解人類的思維。」

施樂晴問道：「她每天都在學習，總有一天會明白我們的思維摸式。」

任超繼續說道：「不！人類的行為太不合理了，完全理性的機械是不可能明白的。明明有足夠的資源讓全球八十億人口都豐衣足食，偏偏這些資源都集中在少數人手上，世界上還有很多人捱餓受苦。其實科技發展最讓人擔心的不是大數據，而是人類本身，會怎樣使用這些工具。很多時候，不想讓人知道的秘密反而會不知不覺暴露出來。」

聽到這裡，林進勇只能苦笑，極力壓下想告知大家真相的衝動。他想，儘管自己突然洞悉了辦公室內外的一切訊息，卻未必能坦然面對這樣的權力。

下班後，林進勇獨自走到電車站，內心仍難以平靜。他再次

打開 W+，畫面浮現新提醒：

【你是唯一的洞察者。請記住，每一分獲得的力量，都伴隨著相應的代價。】

偷窺別人的同時，自己的一舉一動似乎也正在被偷窺，林進勇感到背後陣陣發涼。

他頓然明白，從昨日開始，自己的日常世界已悄然被一個神秘力量徹底改變；辦公室的表象之外，所有潛流與秘密將逐漸浮現。他既無法拒絕這種「全知」的誘惑，也不得不開始思考自己是否能承受這份沉重而隱秘的責任。

#10 情感禁區

夜幕緩緩降臨，城市被籠罩在一片深藍色的寧靜中。

雨水時斷時續，窗外的車流燈影閃爍，樓宇在水氣中顯得模糊如幻境。林進勇靠在家中的小書桌旁，手中的手機螢幕發出微光，伴隨時針前行，夜越發深沉。

自從 W+ 出現在手機之後，林進勇內心的掙扎越演越烈。

他明知這是一道不該跨越的界線，卻仍然一次又一次，難以抗拒地點開那個奇異的藍白圖案。

他始終沒有辦法忽略 W+，也沒有對任何人提及自己所經歷的一切。這份「全知」的能力，令他迷惘而興奮。他既清楚這是道德的禁忌，卻也渴望窺見更多同事的真實想法，尤其關於他所暗戀的楊心瑤，那一句說及自己的訊息。

真的好想知道她到底怎樣看自己！

晚飯後，林進勇站在陽台邊，試圖以夜風驅散內心的不安。

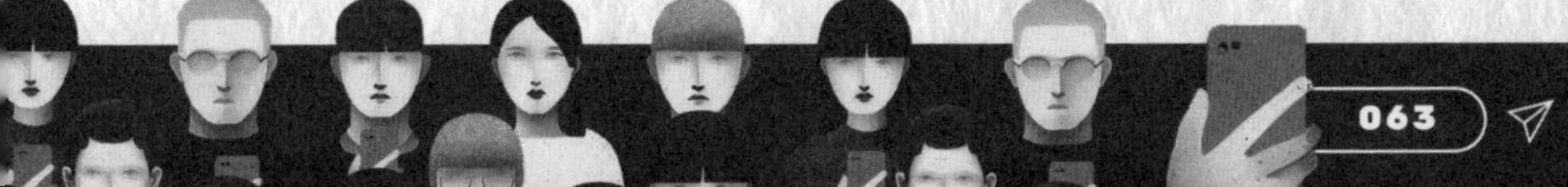

可是，手機上閃動的紅色通知點卻一次又一次地牽動他的目光，誘惑著他「知道」的慾望。

這一次，推送資訊赫然顯示：【同事通訊錄已更新——感情狀況、聊天紀錄已分類整理。】

林進勇內心微微一顫，在猶豫與好奇的拉鋸中，還是落下手指，打開了屬於楊心瑤的訊息頁面。他首先閱讀的，是楊心瑤和莫雅琳的聊天紀錄。

W+ – 莫雅琳：「進勇向你表白的事處理好了嗎？」

W+ – 楊心瑤：「他有跟我說，但我沒有答應。我其實不想我們之間變得尷尬。」

W+ – 莫雅琳：「至少他不是哥布林，敢愛敢說，挺帥的！」

W+ – 楊心瑤：「哥布林是甚麼東東？」

W+ – 莫雅琳：「新世代潮語來的，我從樂晴那裡聽來的，哥布林是指那些喜歡人卻不敢說出口的男生。」

W+ – 楊心瑤：「噢！原來如此！」

W+ – 莫雅琳：「他其實人很好，你在擔心甚麼？」

W+ – 楊心瑤：「我不是害怕，只是覺得現階段不想因為感情改變大家的關係。我現在也沒有能力投入新感情。」

反覆讀著字裡行間的誠實與猶疑，每一句都刺痛了林進勇。他終於明白，對方並非毫無感覺，只是更珍惜現有的關係與穩定。他心中那絲遺憾感，被這些真相放大，也多了一份體諒。

他繼續閱覽楊心瑤與母親的對話。錄音內容已自動轉為文字：

W+ － 楊心瑤：「媽，昨天有個男同事向我表白了。但我現在真的不想談戀愛。不過我也很感激他的心意。其實現在生活太複雜，還是一個人自在。」

W+ － 楊母：「女兒，工作重要，但也要顧及自己的快樂和幸福。加油！」

林進勇看著這些內容，想像著楊心瑤面對母親時的神情，心中難以平復。他猶豫問自己，對方真的是完全不考慮自己嗎？還是其實有著更多不得已的為難？

夜深人靜時，他又點開了楊心瑤與施樂晴的訊息，W+ 同樣把錄音紀錄自動轉寫。

W+ － 施樂晴：「妳這麼優秀也不考慮談戀愛嗎？我真怕你日後嫁不出去。」

W+ － 楊心瑤：「單身並沒有問題，一個人也可以過得很快樂。只要家人支持我，人生就已足夠。」

W+ － 施樂晴：「但進勇對你真的很癡心。」

W+ － 楊心瑤：「我明白，但我一直不敢去想。如果交往失敗，大家還能不能像以前那樣相處？」

W+ － 施樂晴：「難道妳喜歡了蔣總監！？他最近好像總是有意無意地走在妳附近。」

W+ － 楊心瑤：「哇！樂晴妳別亂說，我跟他只是公務往來。」

W+ － 施樂晴：「知道了，只是跟妳開玩笑。」

林進勇靜靜看著這些話，心中湧現複雜的感受。

曾經抱著渺茫希望，而此刻明白了，這段感情可能真的只能止步於此。即使如此，他也不得不承認，自己還是有一點不捨和遺憾。他抬頭望向天，任由雨水打在臉上，已經分不出雨水和淚水了。

凌晨時分，林進勇輾轉反側，難以入眠，有些事，開始了就難以回頭，特別是壞事。

他彷彿受不住魔鬼的引誘，不受控地再一次點開 W+ 程式，

無意識地瀏覽楊心瑤與男性友人的對話。雖然大多只是尋常寒暄，卻有一位署名 Oscar 的對話引起了他的注意——

W+ - Oscar：「最近很少聯絡你了。」

W+ - 楊心瑤：「工作很忙，很少有心情見朋友。」

W+ - Oscar：「你會想我嗎？」

W+ - 楊心瑤：「哈哈，不會想了。你還是快點找個適合你的女朋友吧。」

W+ - Oscar：「你知道我曾經很喜歡你。」

W+ - 楊心瑤：「那些已經是過去的事了。我們現在都長大了，還是努力做應該做的事情吧。」

林進勇對 Oscar 這個名字並不陌生，據說是楊心瑤的中學好友。看見她面對過去感情能如此大方，他反而釋然不少。可深夜靜下來時，那股偷窺的罪惡感更加沉重——他明白，任何感情，如果不是坦誠面對，都只會變成一種傷害。

輸入中

TYPING

#11 有口難言

#12 沉迷像毒癮

#13 超能力

#14 W+ 的威力

#11 有口難言

隔天早晨，他在睡眠不足中醒來，心中依然難以平靜。上班途中的地鐵依舊擁擠，人人神色各異，卻沒有人知道他昨夜內心的騷動。

在公司，他如常與同事打招呼。楊心瑤正在打印文件，眼神溫柔地看向他，微微一笑。

林進勇腦海裡浮現昨夜看到的對話，感覺自己成了對方最親密的知己，可這份親密卻來源於沒有經過允許的偷窺。他開始自責，害怕自己在日常應對時，一個眼神或一句話會不小心透露出過多。

整個上午至午飯時間，他總想找楊心瑤說些甚麼，但又每次在最後關頭收回話題。他深知，自己已經了解了太多本不應該知道的事。

午餐後，辦公室茶水間氣氛活躍，施樂晴半開玩笑地說：「大家昨晚有沒有做怪夢？網上說最近運勢不好。」

莫雅琳接著打趣：「我還夢見樓價下跌三成，醒來都嚇了一跳。心瑤，你一貫都不信這種事吧？」

楊心瑤微微一笑：「人還是要靠自己，再多的運勢也改變不了甚麼。」

任超接道：「運勢其實是一個人整體狀態的體現，生理和心理的健康完整，絕對會讓人所做的一切更加順利。而大部分關於夢的研究，結論都是和個人的潛意識有直接關係，只是每個人的呈現方式都不同，所以至今都未有一套完整的理論去解釋所有人的夢境。」

施樂晴叫道：「小超果然是理論專家，任何話題都可以說得頭頭是道。」

林進勇站在一旁，默不作聲。他看著楊心瑤神情安然、自信，回想起昨晚她在對話裡的堅強坦率，不禁心生敬佩，也有一些說不出的惆悵。

下午的會議結束後，他一個人回到位子上，心裡反覆拉扯。

究竟，這些偷窺別人心思的資訊帶給他的是力量、安慰，還是更深的孤獨和矛盾？他終於意識到，越過了本來不該跨越的邊界，雖然看見真相，卻失去了最純粹的本心。

下班時，楊心瑤忽然主動走到林進勇身邊，語氣溫和真誠地說道：「進勇，我今天特地想跟你說一聲謝謝。不論將來怎樣，你都一直是我最好的朋友。如果有甚麼不開心的事，請你一定要告訴我。」

林進勇一愣，隨即微笑回應：「謝謝你，心瑤。我會的。」

她應該察覺到林進勇自從表白被拒之後的不尋常，想盡點努力去修復兩人的關係。

那一剎那，他彷彿剛經歷過風雨之後，重新觸摸到了現實的人情溫度。心中雖有愧疚，但更多的是淡淡的釋懷和一絲希望。他明白，有些事一旦越界，便不能回頭，但只要守住最後的底線，總還能與真實的自己和解。

那晚林進勇收回了對 W+ 的依賴，抬頭仰望夜空時默默反思：真正值得守護的情感，不是用偷窺而得到的；最深刻的溫柔，是

默默陪伴與祝福。

永遠記住，知道楊心瑤幸福就好了！

於是，他決定不再沉溺於無止境的窺探，把對楊心瑤的情感放進記憶裡，也讓那份尚未說出口的溫柔，像這個城市的細雨一樣，靜靜灑落在心底。

#12 沉迷像毒癮

第二晚，夜色再度覆蓋整座城市。

單親家庭長大的林進勇跟媽媽和妹妹吃過晚飯後，就靜靜回到自己小小的房間裡。坐在書桌前，手中的手機猶如一扇通往隱秘世界的入口。隔著窗外的雨幕和稀疏燈火，他感覺萬籟無聲，只有手機散發的冷光和自身難以言喻的顫動。

停止了一晚的 W+ 偷窺活動，這夜又繼續了。林進勇心裡清楚知道這是不應該的，但卻不由自主地難以擺脫。

這些日子以來，每當夜深人靜，他都會被心底的孤寂和好奇推搡到 W+ 的界面前。

從初時的慌張和戒慎，到如今的習慣和執迷，W+ 逐漸滲透了他的生活。雖然他一直意識到，這樣越過他人隱私界線是一種難以明言的冒險與負擔，但在情感波瀾已過、內心失落無所寄託的時候，這份「全知」卻只剩一種無奈的荒謬感。即便如此，他還是無法抑制地點擊了下去。

當然，看的主要還是楊心瑤的訊息。

四月的一個晚上，在電腦的螢幕藍光與手機微亮映照下，他正默默捫心自問，究竟是否該將楊心瑤的情感徹底放下呢？與其糾纏於得不到的一個人，不如看一看這個世界、這些同事的真實自我。

W+ 的通訊錄上，有四個亮起的標誌——莫雅琳、施樂晴、陳美瑜、楊心瑤。他突然想起，公司同仁常私下稱她們是「四大女神」。事實上，自己當初也曾在她們的歡談笑語中，產生過種種好奇、幻想或暗戀。

林進勇輕輕嘆息，但還是順從內心的好奇，指尖滑過屏幕——既然已經走到這一步，何不多了解一點？自此，為偷窺所困的他，決意更深入地認識一下另外三位被同事稱為的「女神」。

【莫雅琳】

她的簡介照定格於一處空曠的草原上，笑容明朗，自有一份灑脫。林進勇先點開她與家人的群組對話。

W+ － 妹妹發來家中寵物狗的照片：「阿布把你的新球鞋咬壞了。」

W+ － 莫雅琳：「等我回去教訓它，哈哈。」

對話溫馨而真實。

昨日下大雨，她特地提醒媽媽：「大雨記得收衣服，別要只顧工作，爸又不會看天氣預報。」

晚間，她與妹妹討論大學選科。

W+ － 妹妹：「好怕選錯科，大部分同學選金融。」

W+ － 莫雅琳：「興趣為先，金融未必適合所有人。你歷史最好，不如考慮這方向？」

林進勇發現，自己過去只見莫雅琳在職場上幹練利落，常常帶領團隊協調工作，待人落落大方，幾未見她感性的一面。原來她在家中作長姊，溫柔細心，也常露出調皮的可愛。那些樸實直接的家常話語背後，是堅韌與關愛。

他又瀏覽她與一群大學好友的聊天紀錄：

W+ － 舊同學A：「你IG經常分享旅遊照，平日工作那麼忙不會累嗎？」

W+ － 莫雅琳：「年輕多走點路，不曾親身經歷怎知世界有多大？再忙，假期看到陌生的風景就是值得。」

W+ － 舊同學B：「聽說你的男同事一直在追求妳？」

W+ － 莫雅琳：「哈哈哈，哪有這回事。我心如止水，不要亂起哄了！」

這一刻，林進勇對她的認識更加深刻。爽朗而自在、真誠且自信的她，在家庭與朋友圈中都自有分寸，對情感和謠言均一笑置之。與其説是「女神」，不如説她是個坦然面對人生、灑脱堅強的人。

【施樂晴】

辦公室裡，施樂晴總是話題中心，樂於活躍氣氛。林進勇進入她的數據頁面，屏幕上滿是她常用的趣怪表情符號，既俏皮又親切。

她與母親的錄音，W+已自動轉作文字：

W+ – 施母：「你今晚又不回家吃飯嗎？」

W+ – 施樂晴：「剛忙完一個專案，今晚要和同事聚餐。你自己先吃，不用等我啦。回頭買糖水回家。」

語調雖帶責備，但流露濃濃親情。

與朋友的聊天內容則多是生活瑣事：

W+ – 舊同學C：「我們報了瑜伽課，你有沒有興趣參加？」

W+ – 施樂晴：「寧願跑步，瑜伽太難了！我根本拉不下來。」

W+ – 舊同學D：「你最近這麼常參加聚會，沒有人追求你嗎？」

W+ – 施樂晴：「誰說的？大家都只是朋友。事業為主，感情之事以後再說。」

林進勇讀到一條深夜時分的短訊，內容卻異常坦誠：

W+ – 施樂晴：「有時還是覺得累。如果能有個可信賴的人一起聊天就好了。」

這一刻，他感受到，施樂晴表面的開朗只是自我保護的屏障。她與人相處自信活潑，其實也有很多不為人知的疲憊和孤獨。夜

深人靜之時，她和所有人一樣，也渴望真心陪伴。

【陳美瑜】

公司公認的「小財神」，外表知性，行事幹練。林進勇以前覺得她遙不可及，甚至有些冷漠。透過 W+，他看到的卻是截然不同的私人生活。

家人群組裡：

W+ – 陳美瑜：「媽媽，我今晚會晚一點回去，有審計要做。」
W+ – 母親：「你可別太辛苦，有空記得休息多點。」
W+ – 陳美瑜：「知道。我努力些，希望早點升職，有能力買房就接你和家人一起住！」

林進勇心頭一震——原來陳美瑜一直以家庭為念，對父母和弟妹都處處關顧，平時的嚴謹與壓力，其實是為了承擔生活的重擔。

與朋友對話亦十分現實：

W+ – 閨密：「你又加班了？」

W+ – 陳美瑜：「沒辦法，現在只能靠努力工作，目標是為家人爭取安定的生活。」

W+ – 閨密：「你沒考慮過談戀愛嗎？」

W+ – 陳美瑜：「要遇到可靠的人才敢考慮。公司裡的男同事太喜歡玩，實在不放心。」

林進勇讀著，才發現，所謂的女神也有凡人的煩惱和隱忍。表面上雷厲風行的她，內心卻是個渴望肩膀、追求安穩和家庭溫情的普通人。

林進勇一夜之間，將這三位「女神」的生活細節，一一見諸眼底。他發現，自己曾經幻想和神化的形象，都因真相的揭示而幻滅。每一個「女神」都有自己的人生困境、無奈與奮鬥。她們在家庭裡是女兒、姊妹，在職場為夥伴、領導者，也和所有人一樣，會孤單、會軟弱，並非時時光鮮亮麗、無懈可擊。

他憶起全體同事在飯局上的熱鬧片刻，又想起公司裡對「四大女神」的各種閒話和評價。W+ 徹底揭開表面的華麗外衣，留下的是最直白的真誠。

深夜時分，林進勇又打開了楊心瑤與「女神們」的群組對話。這個名為「Fabulous Four」的群聊，內容天南地北，從最新的劇集、影視到生活瑣事無所不談。楊心瑤談及照顧生病的母親，莫雅琳立刻表示支持：「有需要說一聲，別總是一個人扛。」陳美瑜轉發醫療保險資訊，施樂晴則試圖轉移氣氛：「別想太多，下星期一起跑步放鬆吧！」

她們安慰打趣皆出自真心，言語間沒有絲毫造作。有一次聊天——

W+ – 莫雅琳：「你覺得公司哪個男同事最不可靠？」

W+ – 陳美瑜：「還用說嗎？會計部那個小康。」

W+ – 施樂晴：「IT 部才是重災區。」

W+ – 楊心瑤：「別這樣，其實進勇人挺好的，很有禮貌。」

W+ – 施樂晴：「就是啊，但他人還是太內向。」

林進勇看見自己成為討論話題，既驚訝於朋友們的真實評價，也感受到這些女人之間的坦白和包容。她們雖有「女神」的稱號，彼此間卻只是普通朋友，互相傾訴、互相打氣，不必強作堅強，更不需扮演誰。

就在此時，手機傳來 W+ 一條新提示：【你所仰望的人，也有她們難以言說的傷痛與執著。】

林進勇輕輕放下手機，凝望著窗外雨後初晴的天際。他意識到，自己終於懂得甚麼是「真正的距離」。從前只看外在標籤和傳聞，如今通過 W+ 看見了每一位「女神」背後的困難、渴望和脆弱。

世界在他眼中變得更真實，也更豐富和動人。

翌日進入辦公室，林進勇帶著全新的心情審視身邊同伴。每一張面孔、每一段談話，無不藏著生活的故事與掙扎。而這四位「女神」，其實也只是默默努力、用心生活的平凡同事。

林進勇收起手機，讓這些發現沉澱在心頭。此刻他第一次認真體會到：拉近距離的不是偷看，而是理解；不是仰望，而是尊重。

日後，不論面對任何人，他願意多一份同理心，少一份想像和評價。

那一刻，窗外細雨復歇，夜色未深。他將手機關上，微微一

笑。那些曾經虛妄的幻想與神話，如今只剩生活的溫度和真誠。

真正值得長久仰望的，不是閃耀的外表，而是每個人努力前行的力量。

#13 超能力

新的一週開始，天色尚未明亮，辦公室已經充滿嘈雜聲。

林進勇背著電腦包走進大樓，手指如往常般滑開 W+，同事間的對話猶如溪流般源源不絕地出現在手機螢幕上。

經過連日的夜間偷窺，他倍感自己彷彿多了一種「超能力」──不僅掌握了同事們的心事與家庭瑣事，更能預先得知辦公室的潮流話題與風聲。這股微妙的自信和預知感讓他既得意又警惕，不禁思考，這樣的優勢應該如何應對。

他進入辦公室，只見眾同事各自忙碌。莫雅琳和陳美瑜正在為報表數字展開討論，施樂晴遠遠招手道：「快點過來，我們現在討論公司的最新八卦話題，你絕對不能錯過！」

林進勇笑著加入。眼看施樂晴話題主導，眾人討論起上週五夜的趣事。「聽說財務部的俊華喝醉後，不小心將情詩誤發給女上司？」施樂晴說道，「那首詩開頭還是 "To my lovely" 呢！」

「我也看見了。」陳美瑜推推眼鏡，語氣冷靜，「女上司第二

天一如常態，好像沒有這回事。」

莫雅琳則補充：「其實俊華挺有勇氣的，至少懂得浪漫。」

林進勇表面若無其事，實則內心已從 W+ 驗證過所有八卦細節。俊華當晚的確發過幾條情詩，閒聊群裡則盛傳各種猜測。他於是適時回應：「其實我覺得俊華只是想藉酒壯膽，或許人到深夜就容易動情。他應該早就想把這情詩發給她。」

三位同事齊齊望向他，莫雅琳問道：「進勇，你對同事們的心理研究頗深喔！」

林進勇笑道：「純粹靠想像力，有時也得給自己留點浪漫空間。」他以幽默化解真相，巧妙保持距離。

辦公桌間的話題流轉於同事關係與親密閒談之間，氣氛既活潑又微妙。林進勇漸漸察覺，在熟知各同事們生活細節後，自己似乎能更準確地把握說話時機，適當安慰、調侃或默默傾聽，即使是隨口一句，也能迎合對方心情。

午餐時間，眾人一同外出。陳美瑜剛收到家中訊息，正發愁

如何替弟弟報名補習班，「現在報名至少要提前兩個月，真的很難安排。」

林進勇便道：「九龍城那家有名的補習社上個月在你家附近新開了分校，聽說師資不錯，或者也可以問問附近學校的老師。」

眾人驚訝。「你好像調查得很仔細啊！」

施樂晴忙打趣道：「你是不是專門收集情報的？」

林進勇裝作誇張地回答：「這只是上網查資料而已，對家人不能馬虎嘛。」他心裡有些慚愧，畢竟掌握這些細節源自 W+ 的同步，他早就看過陳美瑜要為弟弟找補習班的訊息，不過她還是表示感謝，氣氛變得溫馨。

莫雅琳則說道：「最難應付的不是資料，而是陪伴。我這個做姐姐的，經常沒空陪妹妹溫習。」她話語中帶一絲責任感。

林進勇於是說：「其實你妹妹這麼依賴你，將來一定會很感激。有些事情等到長大才會明白，家人才是最重要的。」

莫雅琳認同頷首：「你也是這麼認為嗎？」

林進勇點頭稱是。

施樂晴則順勢開玩笑：「進勇今天變得特別溫情，是不是最近看了甚麼家庭倫理的劇集？」

眾人笑作一團，氣氛和樂，林進勇也覺得心裡一陣溫暖。

下班前，人事部群組推送「下午茶自費投票」。大家圍繞要訂茶餐廳、果汁舖還是珍珠奶茶店展開激烈的討論。

W+ 同步顯示莫雅琳和施樂晴的私下吐槽：

W+ － 施樂晴：「大家下午就想喝珍珠奶茶，不覺得膩嗎？我最想吃蛋撻！」

W+ － 莫雅琳：「下午時段有熱奶茶才有動力工作，我寧願晚點吃飯，也想要保證有奶茶。」

林進勇適時在人事部群組說了句：「其實提升辦公效率最好就是下午茶每次都搭配蛋撻和奶茶，我肯定大家都會投茶餐廳

一票！」

果然茶餐廳成為最高票選，同事們稱他「預言準確」，贏得陣陣歡呼。莫雅琳還特地向他表示：「多虧你的引導，今天下午整個人都沒那麼疲倦了。」

施樂晴則說：「今天你真的是辦公室神算呢！」

下午茶後，眾人在茶水間閒談。莫雅琳坐在一旁用手機回家裡訊息，施樂晴興致勃勃地分享即將上映的電影預告片，陳美瑜則忙於手頭文件。

施樂晴忽然問大家：「你們覺得最近哪位女同事最有魅力？」

陳美瑜冷靜回應：「我不關心這些，只希望年底能加薪。」

莫雅琳則開玩笑說：「我覺得樂晴最有魅力，話題總是圍著她轉。」

林進勇適時搭話：「魅力或許不是最突出，而是真誠自然。其實像美瑜這麼會理財又自信，這種魅力最讓人佩服。」

眾人紛紛望向他，陳美瑜難得地露出笑容：「你這種定義倒是挺新鮮的。」

施樂晴則調皮道：「進勇今天的話特別多，是不是暗戀辦公室的其他女神？」

林進勇大笑：「其實大家各有各的優點！」

同事們都會心大笑，一時間協作與融洽感油然而生。這些打趣和自嘲，不僅讓辦公室氣氛更輕鬆，也減少了工作的壓力。

#14 W+ 的威力

又一個無聊的會議結束後，林進勇回到自己的座位，手機又彈出幾則新訊息。

W+ 已經把辦公室裡的種種小事分類歸檔——有同事暗中議論他近來變得與大家更熟絡；有的還說：「進勇這陣子觀察力變強，難道是為了升職？」，甚至有人說：「他現在會主動跟大家聊天，感覺變了不少。」

林進勇一邊看一邊苦笑。

明知自己只是多了一份秘密優勢，外界觀察到的不過是表面的變化，這讓他更加謹慎自己與同事的關係。他暗自思忖：角色和人設本來就很容易被外在定義，倒不如用真誠對待每一件事、每一個人。

短短數天內，他與四位女同事的互動變得更加自然。

莫雅琳在打卡機前遇見他，開玩笑道：「你最近的話特別多，家務事、補習班都懂得一清二楚，你該不會是偵探吧？」

林進勇笑答：「我只是比較好奇而已，很多事都會特別留意。」

莫雅琳笑著接話：「那不如幫我留意附近有沒有新的餐廳，下次一起去試？」

「沒問題，我幫你調查一下。」林進勇爽快應承。

陳美瑜在樓道遇到他，語氣溫和：「謝謝你幫我介紹補習社，真的幫了大忙。」

林進勇笑道：「不用客氣，大家都希望家人好。」

陳美瑜稍頓，輕聲說：「大家都覺得我精於理財、目標明確，但有時候我也會懷疑自己，甚至怕失敗，只是不常表現出來。」

林進勇誠懇地安慰：「每個人都有脆弱的時候，只是習慣了把堅強掛在臉上。」

陳美瑜微微點頭，隱約感受到內心的釋懷。

施樂晴午餐後主動來電：「下星期二有空嗎？公司要辦 Happy Hour 活動，缺人幫忙設計遊戲，你最有創意。」

「沒問題，找場地甚麼的我都可以幫忙！」林進勇自信地回應。

二人通話間笑聲不斷，合作愉快。

午後，辦公室各大群組的是非又起高潮。行政部傳出高層爭執，群組裡熱議原因。林進勇早已從 W+ 掌握詳情，適時提醒其他同事：「早前已經有人預警訂單會出錯，只是沒及時處理。」

施樂晴會意，笑稱：「你又預測準確，應該當 IT 部的預言家！」

眾人笑聲中，不少矛盾與尷尬在無形中化解。

林進勇也善用 W+ 收集到的資訊，巧妙調和同事間的小誤會。例如，他得知莫雅琳和施樂晴前幾天有些小誤會，便有意挑起話題緩和氣氛，讓二人也一笑置之，隔閡即刻消失。

日子一天天過去，林進勇越發熟悉如何善用情報，以真誠的

態度與同事相處。

他發現，每一則訊息、每一次玩笑其實都蘊藏著成長、掙扎與人性的故事。經歷了這一切，他明白人與人之間的距離，只能靠理解和尊重來拉近。

夜色降臨，辦公室燈火漸息。林進勇望著窗外的車流，手機 W+ 紅點閃爍，他輕觸屏幕，最新推送顯示：

【世界沒有絕對的真相，只有彼此願意分享的小世界。】

他微微一笑，關上手機螢幕，心內有了成長帶來的新釋然。他明白，即使偶爾還會被好奇所驅使，從今以後更願意把重心放在善待身邊每一個人和每一個日常瞬間。

輸入中

TYPING

#15 辦公室政治

這些日子以來，他與幾位「女神」同事的相處越發自然融洽，這種默契令他倍感成熟。不過，夜深人靜時，手機螢幕上的 W+ 總會吸引他繼續探索，他越發無法壓制好奇心，將視線投向辦公室裡其他同事的私密空間。

就在五月的一個夜晚，他獨自坐在桌前，打開 W+ 程式。這一次，他搜查的不再只是「四大女神」的日常，而是將注意力轉向平時雖有接觸但不算特別親近的其他同事。

「在這些看似平凡的角色背後，他們是否有難以言說的故事？」他暗自思忖。這一夜，他決定深入這些日常笑語未曾流露的職場細流。

首先吸引他注意的是素有「健身達人」之稱的文迪。文迪向來形象積極，經常著貼身運動服出現，辦公室裡處處可見他的健身話題。林進勇通常只是旁聽者，對文迪抱持著羨慕又有點距離感的複雜心情。

W+ 裡保存了文迪許多對話。他留意到，文迪除了在群組分享

健身照與飲食心得之外，還與行政部門主管有大量私訊。其一段與行政主任的對話引起了他的注意：

W+ － 行政主任：「你記得督促下年輕同事盡快提交健康證明文件，如有結果請及早告知我。」

W+ － 文迪：「沒問題，這兩天約他們吃飯時再提醒一次。其實，公司規定實施之前我就有跟大家說過，順便也推動一下組內多些人參與健身活動。」

光從話語裡，林進勇明白文迪不僅僅熱衷運動，更善於維護與高層的關係。繼續細讀，他發現：

W+ － 文迪（發給人事部主管瑛姐的錄音紀錄已轉成文字）：

「最近新入職的同事對工作明顯不上心，大型活動都不太願意協助。我的下屬阿雪跟他們溝通了很久都沒法推得動。你有空的話可以提醒一下阿雪，也許再多些督促會有效。」

這些內容顯示，文迪表面上是人畜無害的陽光健身推手，實際卻在幕後積極操控人際與權力，在行政體系與同事之間牽線搭橋，以此換取自身職場上的資源和認可。

林進勇又把目光移到資深人事主管「瑛姐」身上。

瑛姐一向以鐵面無私見稱，行事激進，不同部門的同事都不想和她接觸。眾人皆知，她掌控人事調動、薪酬、升遷與資源分配。至於她在辦公室內的真實面目，W+ 讓林進勇得見一斑。

初瀏覽時，只見一般公事對話，但深入查閱群組紀錄及錄音轉寫後，一些管理用語的真義逐漸浮現。例如她與某部門主管鋒哥的對話：

W+ – 瑛姐：「你怎麼看新來的 Alan？我覺得他學歷雖高，但顯得自滿，和大家不太合拍。你部門要多留心。」

W+ – 鋒哥：「我也有同感，看來要給他一點磨練的機會。」

W+ – 瑛姐：「下次會議我會以『團隊合作』為重點，你想想有沒有適合的案例分享，不用著重介紹 Alan，讓他自己多檢討一下。」

林進勇看到這裡，明白瑛姐善於用語言做引導，塑造集體對單一個體的評價，甚至在團隊活動背後推動人事安排以及職場的權力分配。

另外一名女同事因為私下向人事部反映薪酬問題，不久後便遇到部門主管的各種刁難。群組留言又開始質疑其「態度問題」，一切顯得滴水不漏。

林進勇此刻首度意識到，許多潤滑人際的溫婉言語，實際上正是權力與資源流動的保護色。

他繼續比較瑛姐與不同同事的互動。對上級她語氣謙遜、細心回報：

W+ － 瑛姐：「會議紀錄與交接文件已經上傳至伺服器，如需要我再加強監督，請直接告知。」

對同級的時候，她喜歡用輕鬆卻有點嘲諷的語氣拉近關係：

W+ － 瑛姐：「明哥你最近忙得很辛苦，需要加班證明隨時找我！」

對下屬及新進員工則時常會適度惡劣：

W+ － 瑛姐：「剛加入的時候就不要那麼多疑惑，放輕鬆多學習，大家都會協助你的。」

每一組話語都針對對象調整，無形中將自己安置在資訊與人事網絡的中心。

她在主管群組的錄音亦曾這樣提醒：「剛剛物流部的陳經理來問你報銷流程，你要多留心，他們經常針對人事部。我提前告訴你，其實他有背景，有高層親戚，你說話切勿無備。」

而在公司的資深員工群組對話中，很多時都會有時無意貶低公司的同事以提高自己的地位：

W+ － 瑛姐：「那個文迪，好端端的一個大男人，練得一身肌肉，當然是為了讓女生們欣賞吧，難道真的跟電影說的一樣，辛苦練來六塊腹肌，是為了洗澡時自己看嗎？」

W+ － 中女同事甲：「對吧！他明顯是個花心渣男，各位姊妹小心點了。」

W+ － 中女同事乙：「說起渣男，還有那個蔣二少，整天呆在那些年輕女同事身邊，為人又裝模作樣，不知有甚麼企圖。」

W+ － 中女同事甲：「對對對！我也有同感。」

W+ － 中女同事乙：「唉！好男人都死光了嗎？」

W+ － 瑛姐：「不是死光，是他們都太膚淺，庸俗不堪，劣幣驅逐良幣。公司最近都在說甚麼『四大女神』，真笑壞人了！」

W+ － 中女同事乙：「我也有聽說過，不過四個白痴女孩，完全沒有我們成熟女人的知性美。」

W+ － 瑛姐：「是啊！那楊心瑤整天在拋媚弄眼，施樂晴則總是吵吵鬧鬧，陳美瑜跟木頭沒有兩樣，莫雅琳就是個把男人嚇走的女強人。不過有點青春、有幾分姿色吧！我年輕時也是個大美人。其實即使到了今天，很多人以為我二十來歲。」

看到這裡，林進勇不禁搖頭苦笑，真相是，瑛姐只是自己以為很多人以為她二十來歲，全公司所有正常人都很清楚知道，她是個已經年過四十的單身老女人。

林進勇看完這些對話，只覺一陣心驚。這些訊息裡，權力的流轉和風險管理無不清晰體現。作為資訊的閱覽者，他彷彿自外於局，卻能看清整個權力運作版圖。

林進勇按照 W+ 搜集的訊息，開始理清這套職場權力網。

他發現：以瑛姐為中心的「資深圈層」結合了各部門主管，統領資源調度以及升遷名額；以文迪為代表的「溝通樞紐」遍布健身跑步小組、午餐聊天圈，主導中生代和年輕同事心理與動向；還有一些低調但口風轉得極快的「牆頭草」，如行政部副手，他們看風駛㹃，也會暗中將關鍵訊息轉遞於不同勢力之間。

辦公室表面的平靜，原來內裡波濤暗湧，而資訊，就是最核心的權力工具。

這種「全知」優勢，令林進勇的心態出現轉變。他越來越像一位局外的觀察家：會議上上司強調團隊合作，他腦中立刻聯想起瑛姐此前私底下的言語指導；每逢工作流程調整、部門人事變動，文迪與行政部的報告都清楚顯示「雙面人」的角色。

至於那些一直被認為「最真誠」的同事，不過是在大網中可控的棋子。一切看似隨機，其實暗藏人為操控。

隨著對辦公室權力格局認識的深入，林進勇由最初的興奮、好奇，漸漸變得憂心。他雖然於資訊洪流中如魚得水，卻越發覺得自己難以真正在這些團體中立足，內心開始生出些許疏離與孤獨。他知道，摻雜著權謀的辦公室生態，使彼此的信任成本越發

高昂，每一份關懷與友誼都多了盤算和自我保護的影子。

晨會期間，瑛姐照常為團隊打氣，談笑風生中穿插激勵與管理技巧。會後，林進勇冷靜觀察眾人神態，心想每個人為生存自有其無聲壓力。

休息時，他在茶水間遇見文迪。對方熱情邀約：「聽說最近你也開始有運動習慣，有沒有興趣一起鍛鍊？」

林進勇回以微笑：「當然好，有你帶領，我也能養成自律。」

彼此語氣互有深意，既保留了競爭，也維持了表面的和諧。

下班前，瑛姐特意過來，一反常態地向他友善地說道：「你最近適應得不錯，有需要可以隨時找我，我們人事部永遠是你的後盾。」

林進勇點頭答謝：「謝謝瑛姐，有問題我一定會請教你。」

如此簡短對話，雙方眼神之間都帶著微妙的機鋒。林進勇明白，這些溫柔的問候背後，是權力的流轉與彼此試探，瑛姐見他最近聲望提升，想收歸旗下。

在這種大公司，想好好的當個平凡的上班族也不是那麼容易。

#16 父親母親

夜幕低垂，繁燈萬點。

下班路上，林進勇在電車裡瀏覽著 W+ 上的對話紀錄，回憶一日所見種種。他感受到，這一路由好奇到偷窺，再到對權力運作的察覺，自己彷彿登上了辦公室故事的俯瞰台。

那晚，他靜靜思索自己所目睹與經歷的一切，也給心中留下一個提醒：權力不應是終點，每個人都必須帶著謙卑與敬畏，在人性的縫隙中尋找真正的自己。

林進勇近來步履匆匆，臉上的笑容多半是職場應酬後自然流露的禮貌。他在辦公室中游刃有餘，總能自如把握資訊動態，彷彿對同事間的風吹草動早已知悉。然而，每當夜晚回到空蕩的房間裡，坐在書桌前，他心裡不時湧現一股難以消解的落寞。

W+ 為他打開了職場世界的另一道門，但這份「全知」卻給了他某種與現實隔絕的孤獨感。

這一夜，飯後閒坐，他像往常一樣翻開 W+，瀏覽著零星訊息。

「叮咚！」無意間，一則來自母親的錄音短訊吸引了注意。

WW － 母親：「夜裡睡不著，有些事想和你說。」

這樣的開場，在母親一貫平實的訊息中極為少見，而且她就在隔壁的房間，卻選擇發訊息給自己，使林進勇心頭一凜。

他猶豫幾秒，點開錄音。

WW － 耳邊傳來母親低低的喘息與壓抑情緒：
「進勇，最近媽媽經常失眠，世界很安靜時我就會想起你還小的時候。有些事情，我一直沒有開口跟你說。你爸爸離開我們，你只知道表面原因，其實事情遠比你想的複雜。他之所以下這個決定，是因為愧對家裡……」

林進勇屏息靜氣，集中精神看著W程式顯示的「輸入中……」。

WW － 母親的聲音顫抖又堅持，將多年來壓抑的秘密一一傾訴：
「其實當年他在外面有過別的女人，我接受不了，哭著要離婚，你爸爸知道離婚對一個女人和兩個小孩意味著甚麼。他向來謹慎，

但人生犯了這個錯，讓整個家庭蒙羞……他向我說不用離婚，雖然知道我不會原諒他，但他就是有辦法，叫我給他三天時間。我當時六神無主，完全無法接受現實，只能盼著奇蹟出現。」

WW – 母親頓了一頓，繼續說道：「可惜三天後，就等來那一場交通意外。我那時已經知道，那場意外根本是人為的。你小時候不明白，以為是意外，其實是他太自責，覺得辜負了這個家。」

母親無法原諒父親，一對不能再走在一起夫婦，除了離婚，就只有其中一方死亡。

林進勇雙眼泛淚，兒時以為的傷痛和不幸，此刻有了截然不同的解讀。他記憶裡那個在家庭困難時顯得沉默又無力的父親，突然多了一層無法言說的苦澀與無助。曾經認為命運不公，無情帶走了他最敬愛的父親，如今才知當年自以為的判斷，其實只是對事實的無知。

WW – 母親聲音一度哽咽，隨即努力恢復平靜：

「我一直問自己，是不是我不夠好、不夠溫柔、不夠支持你爸爸，才會讓他在外尋找慰藉？但想深一層，也許人生誰都會有脆弱的時候，衝動之後才知錯。現在我只希望你記住，爸爸從來沒想過真正要離開，他只是背著太重的包袱，不懂得怎麼解脫自己。不要責怪他，也不要為這段過去而內疚……人會犯錯，世界不一定會原諒，但學會原諒自己並不一定是錯的。」

WW － 林進勇：「父親犧牲性命，為的就是一個『交通意外事故的遺孀』和一個『被丈夫背叛的妻子』的分別嗎？」

WW － 母親續道：「當然不只是我，還有兩個家庭的名聲、讓我們可以好好生活下去賠償金。最重要的，是你和妹妹不用背負著一個不忠父親的陰影成長。他說過：『我們不用離婚，也不用讓孩子們的成長要帶著這個不堪的父親。』」

錄音播放完畢，林進勇呆坐窗前，久久無語。他未能馬上回覆，只是將手機一再揣在手裡。

WW － 林進勇：輸入中……

腦裡浮現父親過往的容顏，母親年輕時的樣子，還有那很罕有、卻吵得最兇的一晚。一室靜寂，只餘下自己的心跳聲和遙遠的滴水聲。

那之後，林進勇腦海裡，真相與幻象激烈碰撞。他回想自己偷窺職場同事 W+ 訊息時的興奮與得意，那些家庭秘密、脆弱表白，都讓他一度有過「掌控全局」的快感。而在此時此刻，自己人生最大、最難直面的創傷——父親的離世、母親的隱忍，竟以如此直接坦誠的方式被打開。

他回想過去多年的自責與怨懟：怨自己沒有得到命運公平的對待，怨自己沒有得到一個平凡的家庭，怨自己從小就失去父愛。母親的告白讓他猛然驚覺，人性軟弱可以有無數種形式，也可能在最不起眼的時刻改變自己和親人的一生走向。

腦海裡閃過兒時與父親在公園的畫面：那時父親尚稱和藹可親，節日裡一家團聚仍然歡樂。但當生活壓力步步逼近，外面的誘惑與困頓並未因為「責任」而消失。家庭、忠誠與人的脆弱最終沒能抵過現實的難關，父親選擇了錯誤而付出極大代價。

「若換成自己，又會比他更堅強嗎？」林進勇自問。他曾厭惡這個世界，也不願成為命運漩渦中的受害者，而在此刻才第一次真正體會，人生選擇能有多難，人性的掙扎往往遠超想像。

手指懸在手機螢幕上很久都沒有輸入半個字，林進勇連一個圖案傳不出去。

「叮咚！」

WW － 母親在錄音結尾說道：「這件事我沒有告訴過任何人，你若想和我談談甚麼便說，不想說也沒關係。我只希望你長大後不要像爸爸，把痛苦一輩子藏起來。」

林進勇又再一夜無眠。

#17 父親回憶

林進勇整夜都躺在熟悉的小房間裡，他沒有跑到母親的房間，當面跟她談及這件事，他覺得自己要點時間去消化。腦海盤旋著父親以往深夜坐在陽台的身影、陪伴自己的童年片段、那台老舊電話和散落桌角的報紙。每一幕猶如冷風裡沉積的舊雪，悄然落下。

那年他只有九歲，他看到父母在房間很克制地吵了很兇的一架。這一晚，他第一次見到父母親流淚。

之後一天，父親抱著兩大包積木和一隻巨型小熊毛公仔回來，說這是他們兩兄妹的禮物。當時的林進勇愛玩積木，但常常覺得積木的數量不夠，總是砌不到他心目中的大城堡。妹妹則歡天喜地地抱著那巨型小熊，待它猶如親人。

可惜，這份喜悅沒有持續了多久。過兩天，爸爸就遇上交通意外，他被一輛行駛中的巴士撞到，送院不治。

自此之後，林進勇沒有再坐過巴士。

林進勇到現在還記得爸爸把兩包積木交到自己手上時，笑著向他說：「小勇，有這麼多積木，甚麼都可以砌得到了。」

幾天後，他卻哭著問媽媽：「這麼多積木，可以砌一個爸爸出來嗎？」

後來他知道爸爸是不可能砌出來，反而智能電腦有可能可以模擬一個爸爸出來。所以他最後選了讀電腦科，希望有朝一日，可以把爸爸模擬出來，就算是假的，也好。

他，真的很想念爸爸。

想到這裡，他才回想起，爸爸給他們禮物之前，跟他們說了一番話：「媽媽的脾氣有時會不好，衝著你們大聲喝罵，但你們永遠要記住媽媽是世上最愛你們的人。她為了讓你們來到這個世界、為了讓你們好好成長，付出了一切。將來你們會慢慢成長，好想成為大人，不想再被媽媽管束住，但無論甚麼情況下，都要記住這一點。而事實上，成為大人，也不是一件容易的事。可以的話，我也想重新成為一個小孩。人終究不是敗於一時挫折，而是敗在看不清真相與幻象的恐懼裡。」言罷他苦笑了一下，兄妹二人當然不太明白。

靈堂上，一家人都哭得糊裡糊塗，林進勇兩兄妹也沒有足夠成熟去看得出母親的眼淚有多複雜。

他想到職場裡，每位同事背後也都有不為人知的故事。莫雅琳「姊代母職」的堅韌，陳美瑜為家繼承負擔但心有疑慮，施樂晴開朗中暗藏孤獨；甚至健身達人文迪的陽光背後，以及瑛姐的權謀，也都在各自隱忍與選擇的交織裡試探人生的棱角。如今再責備父親當年所為，他只剩深深的自責與理解。那些在職場偷看的秘密，不過是旁觀者未曾體會的人生無奈，但家族的秘密才真正讓他明白，最大的痛苦，是對彼此遭遇的冷漠與隔閡。

「人性究竟可以有多脆弱？還是要多堅強，才能做出父親當年的決定呢？」林進勇思索著。他明白，辦公室的自我角色不過是社會這面鏡子中一個變形的剪影。連父親也不是單純的「錯誤者」，而是一位在苦難中迷失方向的普通人——選擇沉默有時只是為了保留一絲喘息。

內心反覆追問：「我是不是永遠只是一個旁觀者？」

他逐漸領悟，資訊上的「全知」並不等於真正懂得自身與他人。父親的離世、母親的隱忍以及和解，都已經與自己難以分割。

只是藉由傷痛，人才學會真正理解，也才有能力寬恕——不僅是寬恕他人，更是學會與自己和解。

凌晨時分，窗外傳來微弱風雨聲。他想起童年時，母親總會在打雷時拍拍自己的背，安慰道：「天氣再壞，也沒甚麼過不去。」而那時的父親，總是無言地坐在燈下沉思。如今，他終於理解那份沉默背後的艱難。世間無完人，每個人都有無法抵抗的軟弱。

天將亮時，林進勇終於拿起手機，錄下長長一段錄音回覆母親，聲音低沉緩緩：

「媽媽，我知道你承受的苦。我長大了，終於明白，有時人並非選擇軟弱，只是不知道怎麼繼續走下去。我不會怪爸爸。我會記住你的教誨，做一個懂得坦白，也勇於面對錯誤的人。」

話音結束，他含淚將手機緊緊貼在胸前，彷彿要徹底走出過去的傷痛。

他坐在窗邊，看著城市燈火閃爍，取出父親留下的舊手錶，輕輕拭去覆蓋的塵埃。有些傷口也許一生難以痊癒，但真正的堅強，是願意直面挫敗與遺憾，學會在自省中原諒自己，也原諒

世界。

林進勇望著窗外，喃喃自語：「我明白你了，爸爸。我會帶著自己的軟弱，繼續走下去。我不願僅僅做個旁觀者，而要勇敢活出真正的人生。我不會再像以前般只沉迷於兒女私情，我會好好努力，做個有用的人，好好照顧媽媽和妹妹。」

城市雖然靜默無聲，但在林進勇內心，熄滅多年的火光重新燃起，變得前所未有的積極。他明白悲傷與憐憫並非脆弱，而是生命最深的教養和溫度。

母親向林進勇坦誠父親外遇及自殺的真相後，他終於明白何謂自省與原諒，並開始反思過去對自己的冷漠和自以為是。

然而，他逐漸認識到，「看見」並不意味掌控一切，這份權力帶來的不僅僅是優勢，還有無法逃避的責任與道德掙扎。他明白，每一位同事背後都承載著不為外人道的故事與掙扎，真正珍貴的並非資訊領先或權力操作，而是在職場權力迷霧下，人性所殘存的一絲善意與理解。而這份體認，並未讓他的生活立刻產生改變——人情冷暖、利益交織仍每日上演，他的敏感與柔軟有時會被現實不斷磨損，但內心一隅始終保留一份警醒。

#18 訊息即財富

這天，林進勇在茶水間聽到財務部俊華與同事私下交談股票。

俊華低聲道：「你最近有留意永連物流嗎？我表姐是管理層，她說下個月公司會接新訂單，預計季度財報非常漂亮。」

那同事隨口回應：「聽來好像不錯，但這類消息很少有準頭吧？」

俊華輕聲補充：「還有些內幕，到時你便知道，現在別問太多。」

這種不明不白的對話，在林進勇手握 W+ 之前，他或許只會當作辦公室閒談一笑置之。可是那晚他回家後，下意識以「永連物流」「季度財報」「表姐」等詞在 W+ 搜尋，竟真的發現俊華和幾位財務同事私聊中多次提及這則消息，甚至有管理高層發出的隱晦暗號提醒。

他頓時明白，這些很可能屬於尚未公開的內幕消息。於是，他靜靜記下「永連物流」這支股票，意識到：這些職場八卦背後，

隱藏著通往真正利益的鑰匙。

一時之間，「知道」的快感與獲利的誘惑開始蠢蠢欲動。

在經濟社會，資訊掌握越多，勝算與利益便隨之提升。林進勇內心已經無法抗拒，他開始思考如何藉此在職場與財富競賽中搶佔先機。

「永連物流」的內幕消息讓林進勇異常興奮。他本來對股票交易的興趣不濃厚，因為之前曾經在股票市場的所謂「內幕消息」中損手。但這次來自 W+ 的消息，明顯跟之前那種在平民間流傳的消息不同，這消息如魔鬼般誘惑著他。

為了打探更多細節，他裝作隨意向俊華請教，並表示最近自己也想參與股票投資，希望獲得對方指點。俊華嘴上謙虛，卻還是略帶炫耀地給出幾句籠統建議，並不漏任何口風。

接著，他又通過 W+ 翻查各部門資深同事與管理層的對話，除此之外，還閱讀了公司幾個分部閒聊群裡的討論。他發現早已有人在消息未公布前悄然布局，更有資深職員的家人透露有內部重組、業績爆發等訊息。這一切讓他徹底肯定自己的判斷。

林進勇心裡有數，於是大膽用線上券商平台將大部分積蓄投入永連物流。

幾日後，永連物流公布季度業績，公司果然超出市場預期，股價連日大漲，短短一週便令林進勇獲利近四成。他前所未有地感受到「資訊即金錢」的刺激。自此，他的生活質素有了明顯提升，不僅消費習慣升格，穿戴、餐飲乃至手機都換成新款。「理所當然」地，W+ 依舊如影隨形般出現在新手機，無法卸載。

W+ 對他的誘惑也就變本加厲。

資訊套利帶來的快感，使林進勇越發依賴 W+。他的內心雖然偶有不安，畢竟這種行為已經踩在道德與法律的邊緣，但財富的吸引力與內心的優越感，很快壓過了短暫的自責。他每日像情報專員般分析同事交流紀錄，將各類八卦、群組閒談，甚至將銀行家與證券商之間的訊息整理成「獲利清單」。

很快，他洞察到另一個投資機會：一間本地上市的大東科技公司傳出即將與業界夥伴合併，同時有公司管理高層出沒於該公司活動。W+ 裡有同事於朋友群隨意流露：「下個月孩子就能上大東幼稚園了。」這分明是大東科技即將擴張與整合市場的徵兆。

林進勇再度提前進場，果然又成功獲利。

短短幾個月間，他的存款和投資收益出現飛躍式增長，徹底享受「資訊為王」的現實優勢。W+ 已然成為他致富的秘密武器。

當他越陷越深，內心的驕傲和自戀也逐步膨脹。

每當瀏覽 W+ 時，他都會感到一種凌駕同儕的優越感。他心想：「你們只是靠公開資訊和表面關係，而我已在暗中搶先一步。」這種對他人漠視和對利益的迷戀，吞噬了他僅存的道德感。

甚至，他開始將 W+ 運用到更私人的領域。

某次，他發現三位同事正秘密合資做點小生意，計劃投資一個冷門的炒賣市場。在她們以為安全的 W+ 群聊中，林進勇悄然窺見計劃和資料。他暗中搶先入市，利用不公平的資訊去謀取個人利益。

這時，他已逐漸遺忘了同事情誼與信任邊界，只剩對於金錢和優勢的渴望。他甚至自我安慰：「資訊時代，懂得利用才是能力。」

金錢的滾滾而來並未讓林進勇感到真正的快樂。

相反，他的世界被一層無形的緊張和防範包圍。他每日醒來，第一時間便查找 W+ 的最新資訊，根據各種線索判斷行動。而在他眼中，身邊同事已不再是需要理解和交往的夥伴，而只是一個個可供「利用」的資源。

無論是辦公室的權力爭鬥、八卦流言，還是同事間的瑣碎矛盾，林進勇都不再用普通員工的心情參與，而是以冷靜旁觀者的眼光審視一切，甚至有意無意地收集更多內幕。對於他人將自己誤認為理財高手、願意討教，他也只是淡淡回應：「純粹幸運而已。」但內心卻感覺孤寂而空虛。

某天傍晚，公司忽然傳出 IT 部技術危機，有人發現部門成員的通訊帳號遭到懷疑黑客入侵，部分業務敏感資訊疑似被洩露。

公司緊急召開資訊安全會議，整個辦公室籠罩著不安的氣氛。林進勇表面仍舊從容，內心卻感到極大的不安。畢竟，W+ 來歷不明，如果曝光，自己絕對難以全身而退。

那天晚上，他再次瀏覽 W+，發現其中有部門主管正討論市場

波動的應對部署，而這些正涉及自己現有的投資。他頭一次真切體會到「知道太多」的風險與恐懼，如果相關行為被發現，後果不堪設想。

他開始難以安睡，越來越感到困擾和壓力。

此刻，W+ 這個曾經帶給他優越感和快感的工具，正逐漸成為將他拖入黑暗深淵的枷鎖。他明白自己的善良和純真，已被資訊的中毒與利益迷失一點點蠶食殆盡。

輸入中

TYPING

#19 人間孤寂

#20 最後機會

#21 難念的經:拜金無罪

#22 又難念的經:女救生員

#23 再難念的經:窮但有愛

#24 更難念的經:潔癖

#19 人間孤寂

六月的一個夜深人靜時，他首次在 W+ 的搜尋框中輸入「自省」「貪婪」「墮落」等字眼。他驚訝發現，原來許多同事在群聊或個人備忘錄裡都曾直白自述過自己的焦慮——他們同樣渴望翻身，也曾在黑夜中掙扎；他們也是普通人，有妥協、有愧疚、有後悔。

林進勇閱讀著這些訊息，突然生出一股微妙的共鳴。

他再次回想起父親的過往——外遇、自毀，無非是被恐懼、挫折和慾望擊潰。他終於領悟，沒有誰生來就是冷酷或邪惡，社會的齒輪與誘惑，足以將每一個人推入錯誤深淵。

比起單純地掌握和操控，他發現自己也難逃成為命運棋子的結局。在資訊的洪流裡，他既是「先知」，也是受困其中的囚徒。

某一夜，林進勇回到家，看著投資帳戶上的巨大數字，卻再無初得利時的歡愉。他靜靜地想起父親曾經說過的幾句話：「做個坦白的人，錢只是生活的工具，不要讓它束縛心靈。最大的惡，其實也只是來自第一步的小錯！」

他於是放下手機，關閉螢幕，靠在窗台靜聽夜色。

這一刻他深切體會到，如果把人生全部寄託於資訊優勢和利益盤算，終究會漸漸失去內心的情感、善良與人格。他渴望回到坦誠與信任，卻已發現自己早已陷入誘惑的枷鎖。

林進勇發現自己很懷念，得到 W+ 前，跟同事們打打鬧鬧的日子。

當夜已深，W+ 的紅點依舊亮著。他盯著螢幕，反覆在卸載與保留之間猶豫掙扎。最後，他將手機放下，伏案掩面，終於無聲落淚。

二十多年的人生，他第一次嘗到內心寂寞的苦，只是，日子還得繼續過。

星期一早晨，辦公室裡燈光冷冽，映照得每個人的神色更加蒼白。林進勇踏入電梯，身體不自覺地變得僵硬自持。自從他利用 W+ 掌握同事一切訊息後，態度也有了悄然轉變。

他已不再以單純的心去看待身邊的人──無論是同事，還是好友，目光中總多了一分算計與觀察的色彩。這股心理上的變化無聲地擴散，潛移默化地影響著他與每一個人的相處模式。

晨會期間，林進勇落座於任超身旁。任超依舊表現得隨和自然，偶爾插科打諢。但談及公司新季度規劃時，他臉上竟閃過幾絲猶豫。林進勇心裡一凜：他早前在 W+ 裡讀過任超和莫雅琳的私下對話，明白任超對自己的前景頗感焦慮，擔心自己會成為這次資訊外流的「替罪羊」。

因為任超沒有說，林進勇雖然透過 W+ 知悉對方的隱憂，現實中他卻只能選擇安靜旁觀，不能出言鼓勵或安撫。

林進勇甚至知道任超心底的想法：「如果公司要因為這事解僱我，保證會付出很大的代價！」他察覺自己對任超的不安只剩居高臨下的冷靜——這正是身為「掌控者」所養成的疏離感。

會議結束後，兩人照例走到茶水間。

任超笑說：「之前不是說好一起踢球嗎？不過最近都忙得分身不暇，只能說說而已。」

林進勇口頭應付，內心卻在盤算任超此舉是否出於真心，還是僅為社交禮貌。兩人交流間，隔著難以言明的距離，那層若有若無的疏離，甚至無法徹底拆穿。

這種壓抑並未直接顯現於語言，卻真真切切存在於林進勇與同事們的日常互動裡。午休時，他與任超如常和楊心瑤、施樂晴共進午餐。

近來林進勇經常瀏覽他們在 W+ 上的聊天紀錄，也閱讀到楊心瑤和施樂晴對自己發表理財建議的背後評語：「進勇最近總是裝得很懂，但我問過美瑜，他其實根本不清楚內情。」又如：「一副消息靈通的模樣，不如乾脆承認自己有內幕消息吧。」話語雖無惡意，卻隱隱流露揶揄與防備。

大家討論著熱門米芝蓮餐廳難以預約，楊心瑤說：「我試過兩次都訂不到，不知道是不是有人早就收到消息？」施樂晴跟著說：「嘿嘿！或許人家早有人脈，一早就得到內部消息了吧。」眾人隨即一笑，因為這間餐廳林進勇之前曾經成功訂位。

看著三人笑談餐廳時，他居然有種自己成為局外人的錯覺。他只得應和：「不一定啦，我只是碰巧在網上等到合適時段。」

其實此刻他正拼命壓抑內心的慾望，避免流露出提前得知一切的真相。他強作自然，卻覺得自己的笑容無比虛假。這種細微的不安，連任超也有所察覺，而四人之間原本和諧自在的氣氛，現今卻產生了微妙的疏離。

#20 最後機會

當晚，因為系統升級，林進勇、莫雅琳與陳美瑜都要留在公司加班。兩女一同訂外賣，問他是否要一起。林進勇本想參與，卻礙於近來氛圍變淡而作罷。他轉而在 W+ 群組內偷看二人的消息：

W+ – 莫雅琳：「你不覺得進勇最近有點怪嗎？總像甚麼都知道的樣子。」

W+ – 陳美瑜：「是啊，有時還刻意裝得很自然。其實我發現，他最近看人的眼神完全變了。」

W+ – 莫雅琳：「可能他有甚麼秘密吧？」

林進勇心驚之下，終於明白，就算自己再努力隱藏，細微的語氣和舉止終會被身邊的人所察覺。加上他一向都不是個善於掩飾的人，擁有眾人秘密反倒暴露自己，真正難以防範的，是在朋友圈裡逐漸被邊緣化而不自知。

加班結束，三人各自離開，莫雅琳對陳美瑜輕聲說：「走吧，叫的士了。」未再向林進勇道別。他獨自望著空蕩的大堂，內心強烈感受到這份前所未有的孤單。

這種隔閡漸漸蔓延到了與自己在公司最好的朋友任超之間。

曾經二人無話不談，經常分享生活與煩惱，自從林進勇掌握 W+ 資訊優勢之後，卻逐漸疏於交流，平日閒談變得浮於表面，表情也僅是例行公事。

有一次，任超邀他週日結伴遠足：「週日一起去爬山吧，只有我們倆才夠瘋。」

林進勇推辭說最近家中有事必須陪伴，其實心裡明白，任超可能正需要借此機會傾訴近況。但自己因為害怕無意間說溜了嘴，唯有推辭，無心的冷落讓兩人逐漸陌生。

夜深人靜，林進勇看著手機，忽然意識到：原來以資訊換來的優勢，只會讓孤獨越發加深，情感漸行漸遠。

漸漸地，這道冷漠的屏障在朋友圈間擴大。週五下班前，較年輕的同事們都習慣性地聚集在茶水間閒聊。這天林進勇到場時，大家正談論著一些好笑的公司奇聞。

當話題轉向投資理財，文迪以調侃口吻問：「進勇，你這陣子

投資發大財了吧？可不可以分享下秘訣？」話雖輕鬆，卻暗藏質疑和距離。

林進勇只好自嘲：「我哪有甚麼本事，還經常虧損。」大家一笑而過，有人卻半開玩笑地小聲説：「他最近神神秘秘的，衣裝用具都十分講究，不會是中大獎了吧？」這些輕描淡寫的話語轉化為真實的猜忌。

閒談氣氛雖表面和樂，實則其中深藏防備與保留。熟悉的面孔再非昔日情誼相連的夥伴，林進勇敏鋭地感受到，他不再是朋友圈的核心，逐漸成了被孤立在外的人。

林進勇開始發現，W+ 所帶來的權力與資訊不斷強化他的疏離感。

他本想藉著資訊優勢控制局勢，卻沒想到這樣的「全知」令他只能以一個孤立的旁觀者身份立足。無論在辦公室還是私人朋友圈，別人更多是出於應付或戒備，卻難以再將真心交付。他逐漸不再被邀參與聚會，甚至平日的娛樂邀約亦被忽視。這一切，使他越發敏感猜疑，也更加封閉自我，時常懷疑周圍的同事是否早已認識到他的內情。

又有一天下班之後，他路過之前借過兩傘的小餐館，看到任超與莫雅琳正坐在裡頭聊得專注。

林進勇一度想走近，但在距離不遠的地方卻停下腳步，漸漸意識到自己的存在已與過去格格不入。他回想自己近來常常在 W+ 裡閱讀二人的私密談話，感到羞愧與懊惱，只能選擇逃避，悄然離開。

他發覺自己已經無法跟公司的同事正常地相處。

時間繼續流逝，林進勇越加難以融入朋友圈。與其說還是朋友，不如說彼此之間的信任與親密已被一層無形的牆隔開。他時常過度解讀同事間的對話動向，也開始懷疑大家是否都察覺自己的「特殊能力」。受到懷疑與孤立的壓力下，他自我封閉得更加嚴重。

某日午休後，任超特別約他一起下樓散步。

兩人肩並肩靜默走著，誰也沒有先開口。終於，任超帶著關懷的語氣說：「進勇，你最近好像少了熱情，也不太和大家來往。有甚麼煩惱其實可以跟我聊聊，別放在心頭。」

林進勇一時語塞，本想坦白攤開自己內心的困惑與隔膜，但苦於無從開口，最終只是勉強微笑道：「沒甚麼，有時只是想圖個清靜。謝謝你的關心。」

此後兩人又各自走了一會兒，氣氛依舊冷淡難解。

林進勇知道兩人之間已經很難回到坦誠相見的過去，只剩表面的溫情和深深的距離感。

#21 難念的經：拜金無罪 ▽

七月開始，天清氣朗，讓人心情也為之一振。

為免越走越遠，林進勇決定重新好好了解他所重視的朋友們。他這日請了一天假，靜靜躲在家中，認真調查一下他們。

第一個當然是任超，只是看了半天，每天也只有幾個訊息，有時連續幾天都可以完全沒有任何訊息往來，不知道的，以為他失蹤了。而訊息的內容，基本上也以實用性為主，完全無法透過這些訊息去了解這人，例如「五月十八日，早上十時，維多利亞公園四號場」「到了」「記得帶球拍」等等。

林進勇心道：「任超真是個大悶蛋！」但看看自己的 W 程式，原來跟他的也差不多。

反而女同事們的社交平台倒是精彩得多，隨便算算，每天至少都有過百則訊息出入。而且內容極多元化，事無大小都會鉅細無遺跟不同的人詳盡分享。

因為訊息量太大，林進勇把焦點放在女神們的家庭訊息，他

知道原生家庭對每個人的影響都是決定性的。

瀏覽了幾個小時，他總算對楊心瑤的家庭有初步的了解，也發覺原來一直以來，對她的認識也不深，怪不得落得個「六好」級別的朋友稱號。

楊心瑤的母親，年輕時也是個大美女，因為愛情，嫁給了讀書時的初戀情人。這個男人由始至終都很愛她，他畢業後當了個廚師，一直不溫不火，賺錢也不多。

初時也沒有甚麼問題，直到楊心瑤出生之後，一切都變調了。

為了照顧女兒，楊心瑤的母親辭去了工作。從此，一家人的經濟環境開始拮据，憂柴憂米的生活，讓夫妻的感情越來越惡劣。因為美貌，妻子即使已婚已育，仍然不乏條件很好的追求者；丈夫也因為自卑，只能借意無理取鬧。

夫妻吵架，有了第一次就會接踵而來，而且越來越頻密，吵得越來越兇，最後相對無言。

楊心瑤的母親覺得自己嫁了個窮男人，一直都不快樂，所以常常告誡女兒，愛情和麵包，一定要選麵包，貧窮的家庭不可能快樂的。

有一段錄音對話是這樣的：

W+ – 楊心瑤：「媽，公司的財務總監好像想跟我約會，但我對他沒有感覺。」

W+ – 楊母：「財務總監嗎？聽起來好像挺不錯，跟他交往一下，了解了解吧。總好過之前那個修電腦的 IT 仔吧！」

W+ – 楊心瑤：「媽，不要叫人家 IT 仔，他叫進勇，人也很好的。」

W+ – 楊母：「人好有甚麼用呢？賺不到錢的，最後還不是家無寧日，禍延下一代。」

W+ – 楊心瑤：「其實，妳跟爸爸經常吵架，當初為甚麼會嫁給他呢？」

W+ – 楊母：「心瑤，妳出生之前，他不是這樣子的。那時我們如膠似漆、甜蜜恩愛，每天都想著讓對方開心，自己也會快樂，從來不吵架的。」

W+ – 楊心瑤：「我出生後就變了？」

W+ – 楊母：「可以這麼說，貧賤夫妻百事哀，為了家庭瑣事，弄得一地雞毛。有一次吵得很厲害，妳小學時，寫的字很醜，我一度以為妳有讀寫障礙。那時，我跟妳

老爸說：『心瑤不適合讀香港的主流學校，要送她去國際學校了。』妳爸卻說：『國際學校要很多錢，怎麼去讀？』」

W+ － 楊心瑤：「怎麼我沒有甚麼印象？」

W+ － 楊母：「父母受的苦，小孩子記得多少呢？那時，我發起狂來，就說：『沒有錢也要去國際學校，不然她一生就毀了！』妳爸依然平靜地說：『沒有錢也沒有辦法，我有本事去賺很多錢回來的話，我一早就做了。這世界就是這樣子，不是每個人都可以隨心所欲、心想事成，妳自己沒本事，嫁的丈夫又沒有本事，就只能接受現實。』」

W+ － 楊心瑤：「這很像爸爸的作風。」

W+ － 楊母：「那次吵得很兇，最後還是不了了之。不過他說的也是事實，沒有錢，讀國際學校的事也只能作罷。而他又好像說得對，最後原來妳也可以讀得不錯，所以遇到問題，不一定要去逃避，面對可能都是一個辦法。」

W+ － 楊母：「不過要記住，愛情不是所向無敵的，要結婚，一定要選一個有經濟能力的。錢不是一切，但窮肯定不快樂。」

原來是這樣的家庭背景，讓楊心瑤成為現在這樣的人。她不肯接受自己，難道也是因為受到她的母親影響嗎？

#22 又難念的經：女救生員

之後林進勇又看了陳美瑜和家人的訊息。她的父親是個教師，母親是個家庭主婦，年輕時當過救生員。

有一段她們的錄音對話如下，讓林進勇非常震驚：

W+ – 陳美瑜：「公司的大塊頭隔天就送點小禮物給我，似乎對我有點意思。」

W+ – 陳母：「哈，傻丫頭也有人追求了。」

W+ – 陳美瑜：「媽，別笑了，妳說我該怎麼辦？」

W+ – 陳母：「妳知道媽媽年輕時為甚麼去當救生員嗎？」

W+ – 陳美瑜：「不知道，妳好像沒有跟我說過。」

W+ – 陳母：「那時，媽媽跟妳讀同一間女校，很少見到男生，甚至一直不太敢跟男生說話。畢業前的暑假，每天都和一個閨密去泳池游泳，我們都看上一名年輕帥氣的救生員。閨密不像媽媽那麼害羞，主動跟他攀談，很快還和這救生員走在一起。」

W+ – 陳美瑜：「那麼妳不就很傷心嗎？」

W+ – 陳母：「對呀，媽媽當時很不甘心，也怨恨自己的被動，不能像閨密一樣得到愛情。於是，我做了一個改變一生的決定，我不顧父母反對，一意孤行地去考取了拯溺的資格，當了一個救生員，還要在那個泳池工作。」

W+ － 陳美瑜：「媽媽真厲害。」

W+ － 陳母：「其實也不是很難，這工作只是個賣時間的職業，無論做多久，都不會有甚麼提升。當上救生員後，我很快就把那年輕帥氣的閨密男朋友搶了過來，只是也沒有維持多久。之後的那兩年，作為一個女救生員，我的感情生活非常豐富，對象包括其他救生員、游泳教練、泳客。經過兩年放蕩的生活，結果我懷孕了，我沒有認真對待感情，那些男朋友其實也沒有一個對我是認真的，沒有人肯當這個爸爸。」

W+ － 陳美瑜：「哇！那妳怎麼辦？」

W+ － 陳母：「那時候社會還不太接受未婚產子，我的肚子越來越大，很徬徨。那時，有個老實的男人說一直喜歡我，不介意我的一切，還願意當孩子的父親。這個人，就是妳爸爸。」

W+ － 陳美瑜：「（驚嚇的表情）甚麼！那麼……我的身世……」

W+ － 陳母：「不不不，聽我繼續說，結婚後一個月左右，那個未出生的孩子卻流產了。之後一年，我們才有了妳。所以，爸爸的確是妳的親生父親。」

W+ － 陳美瑜：「嚇了我一跳！」

W+ － 陳母：「媽媽告訴妳這些，一來是因為妳已經長大，足夠成熟去知道父母親的過去。更重要的，是想讓妳知道，做人有時不用太多顧忌。我很清楚知道我們讀傳統名校出身，學校和社會對我們的要求，都是循規蹈矩、端莊守禮，讓我們步步為營，不敢行差踏錯。我只想讓妳知道，人生很多事情都是無法預計的，即使妳是讀會計的。所以做人不用再畏首畏尾，想做就去做。」

W+ － 陳美瑜：「我明白，但是很多事情，我決定不了，也不知哪個選擇才是最好。」

W+ － 陳母：「美瑜，妳又來了。結婚會後悔，不結婚也會後悔；生孩子會後悔，不生孩子一樣會後悔。人生總是為了一切得不到的而痛苦，生命中有很多決定要做，珍惜當下所選擇的，才能坦然面對生活。反正無論怎樣選擇都會後悔，反過來說，即是怎麼選都是正確的，只要閉上眼睛，完全不用管其他人，好好想一下，現在妳心裡，最想做的是甚麼就可以。」

W+ － 陳美瑜：「我只怕選錯了，讓妳們擔心。」

W+ － 陳母：「媽媽知道妳是個乖女兒，一生人都循規蹈矩，因為妳很怕犯錯。媽媽的確行錯了很多路，但不會此停下腳步。妳年紀不小，再瞻前顧後、裹足不前，就真的會白活一輩子。我雖然活得很艱難，但從來沒有後悔過。我一生都勇敢，但卻教不出一個勇敢的女兒。妳舅父六十多歲，一直都沒有結婚，卻也一直活在孤獨的痛苦之中。去年鬱鬱而終，死前握著我的手說，他很羨慕我，一生都有人陪同吵吵鬧鬧，不用被世界遺忘。如果可以重來一次，他說他一定會轟轟烈烈地活著，找個人好好地談戀愛，享受得來不易的人生。」

W+ － 陳美瑜：「知道了，我明白了，我想我應該跟那大塊頭認識一下。」

W+ － 陳母：「哈哈，偷偷告訴妳，其實大塊頭也不見得如何厲害。」

W+ － 陳美瑜：「媽媽！」

原來陳美瑜不想談戀愛，更不敢結婚，是因為從小到大，成

長和學習環境都很嚴格，所以一直都活得很規範，從不敢突破自己的舒適圈，或者冒任何風險。

林進勇看到這裡，不知不覺，天色已經開始泛黃，是時候洗澡吃晚飯了。

#23 再難念的經：窮但有愛

因為看得津津有味，也大開眼界，林進勇火速吃完晚餐就跑回自己的房間，繼續他那不道德的 W+ 偷窺行動。他把手機的充電線拔下，解鎖了螢幕，駕輕就熟地打開了 W+，隨手就點擊了「施樂晴」的名字。

對他來說，無論任何時候、任何地點見到的施樂晴，幾乎都是一個樣子，長期充滿活力、永遠都積極愉快。所以林進勇也很好奇，到底怎樣的家庭才會孕育出這樣的一個可愛女孩。

一看之下，倒是大跌眼鏡，完全不是他想像中她是富裕家庭的嬌嬌女，不過她跟家人的關係極好，每天都有大量的訊息往來，看得人眼花撩亂：

W+ – 施樂晴：「爸爸，我下班了，買點東西就和媽媽過來探你。」
W+ – 施父：「哦，今天不用過來了，早點回家休息，不用擔心。」
W+ – 施樂晴：「最近閒得很，不用回家休息。我打算去買你最愛吃的『容記燒鵝』過來，保證還是熱騰騰的，肯定入口即溶。哈哈哈。」
W+ – 施父：「傻丫頭，醫院不讓病人吃這些不健康的食物啦，妳

自己吃吧。」

W+ － 施樂晴：「放心，待會探病時間，我會偷偷帶來給你，保證不讓姑娘發現。」

W+ － 施父：「好吧，但記得也要算上媽媽的一份，她也很喜歡吃燒鵝的。」

W+ － 施樂晴：「知道了！絕世好丈夫，我怎會算漏媽媽的一份呢！」

W+ － 施父：「哈哈，妳是個乖女兒才對。」

W+ － 施樂晴：「爸，不要再說了，好好休息，待會兒見。」

原來施樂晴的父親在醫院留醫，不過看他們的對話，應該只是些小毛病。她跟父親的關係很好，跟母親更是如同兩姊妹：

W+ － 施樂晴：「媽，今天跟細嫲嫲吃生日飯，要買點甚麼過去嗎？」

W+ － 施母：「不用了，妳小時候，她常常過來照顧，自己人，見到妳這個小孫女就開心。」

W+ － 施樂晴：「收到，其實為甚麼我會有兩個嫲嫲？」

W+ － 施母：「哈，妳現在才問？當年，作為一個媳婦，以為世界上沒有事悲哀得過有一個愛管事的家姑。誰知道，後來才發現，比起上來，更可怕的是有兩個愛管事的家姑！」

W+ － 施樂晴：「即是說，爸爸有兩個媽媽？」

W+ － 施母：「可以這樣說，大嫲嫲是他的生母，在爸爸很小的時候跟爺爺離婚了。後來爺爺娶了細嫲嫲，一起照顧妳爸爸，所以細嫲嫲就是他的養母。」

W+ － 施樂晴：「聽起來，人多熱鬧好像挺不錯。」

W+ － 施母：「才不，記得妳們剛出生的那幾年，她們兩人整天跑到我們的家，這個說妳太熱，另一個又怕妳著涼；這個怕妳太飽，另一個又擔心妳肚餓。那時我差點發瘋，好在那時妳爸爸總是寵著我，讓我總是笑著入睡。」

W+ － 施樂晴：「媽，你們真幸福！」

W+ － 施母：「幸不幸福，很多時只看妳怎樣想。妳爸爸讀書不多，十八歲就當職業司機送貨，每天為了接多點單、賺多點錢，日趕夜趕，午飯就吃個『車頭飯』又繼續趕單。」

W+ － 施樂晴：「甚麼是『車頭飯』？」

W+ － 施母：「『車頭飯』就是隨便買個飯盒，把車停在路邊，坐在司機位，幾分鐘就把飯吃完。後來，妳們兩姊妹出生以後，爸爸拼得更兇，『車頭飯』也吃不了，

要吃更趕急的『燈位飯』，那就是把飯盒放在副駕的座位上，駕駛時遇紅燈時才吃幾口，直到吃完為止。為的就是省那十分八分鐘。」

W+ - 施樂晴：「哇！爸爸的腸胃肯定就是那時候捱壞的。」

W+ - 施母：「對啦！即使這樣，很多時還是會被收貨人責罵投訴，說貨物來遲了。妳爸爸也只能笑笑口賠個不是，很是委屈。過了幾年，他加入了巴士車隊當個巴士司機，一家人的生活總算穩定下來。」

W+ - 施樂晴：「啊！原來爸爸當過巴士司機，我怎麼不知道呢？」

W+ - 施母：「妳當時還小，而且也不是做了很長時間，我們也很少提起。」

W+ - 施樂晴：「那麼為甚麼不繼續做？」

W+ - 施母：「他當了大半年巴士司機，就發生了嚴重的車禍，撞死了一名突然走出馬路的路人。幸好有乘客和途人看到那人自己突然跑出來，法院判了死者是死於意外，爸爸也不用為此負責。只是本來好端端的想當個巴士司機，卻因為這起意外，受盡非議，輿論一致覺得，一個曾經撞死人的司機，是不應該繼續駕駛。巴士公司迫於壓力，找個理由就解僱了爸爸。」

W+ - 施樂晴：「原來如此，怪不得妳們從來不談論這件事。」

W+ – 施母：「總之，妳爸爸大半輩子都過得很苦，但他從來沒有
怨天尤人，更從來不對家人惡言相向。」

W+ – 施樂晴：「媽媽，我愛你們！」

林進勇看完這段對話訊息，久久難以釋懷。想到這宗交通意外的死者很可能就是自己的父親，就覺得很慚愧，但他不敢去求證。他只想到，施樂晴這一家人，很值得被尊敬。

#24 更難念的經：潔癖

那一向獨立剛強的莫雅琳，背後又有一個怎樣的故事呢？她的父親是個會計師，母親是個大醫院的護士長，算是個中產家庭。可能因為父母都比較忙，她跟父母的訊息不算頻繁，有時更讓林進勇讀到一點距離感：

W+ – 莫母：「雅琳，我今晚開夜班，爸爸也有應酬，妳跟妹妹去吃飯吧。」

W+ – 莫雅琳：「知道。」

W+ – 莫母：「最近有甚麼事嗎？」

W+ – 莫雅琳：「妹妹說最近很少見到妳，吃完晚飯後想到醫院看看妳，可以嗎？」

W+ – 莫母：「不要，大醫院的是非，是一般人不可能想像得到的，小小一件事，只要半天，就會以多個版本傳到全院的每一個角落。我不想被人說我因為家庭，影響了專業。」

W+ – 莫雅琳：「明白。」

W+ – 莫母：「她找我有甚麼事嗎？」

W+ – 莫雅琳：「沒有，只是她要選科了，她卻心大心細，不知怎樣選，想問問妳怎樣看。」

W+ － 莫母：「這個……當然不能亂選，選了就不能半途而廢。我先不跟妳說了，有病人要轉院，妳們問問爸爸吧。」

莫雅琳跟父親的對話，更總是有點説教的味兒：

W+ － 莫雅琳：「爸爸，妹妹今天要選科了，讓她自己做決定，還是你有甚麼意見？媽媽叫我問問你。」

W+ － 莫父：「雅琳，之前跟妳說過，人生每一步都息息相關，牽一髮則動全身。選科就是選未來的職業，也就是選她的人生。人有分興趣和能力，如果一個人喜歡的學科和擅長的學科是同一門，那就當然不用糾結了。但更多人的興趣跟能力是不一樣的，這種情況，一定是依她的能力來選擇，明白嗎？」

W+ － 莫雅琳：「明白了，我跟她說。」

W+ － 莫父：「最近媽媽還有把妳們管束得很嚴厲嗎？」

W+ － 莫雅琳：「沒有特別，跟往常差不多。」

W+ － 莫父：「家裡還是要求一塵不染的醫院標準嗎？」

W+ － 莫雅琳：「是的。」

W+ － 莫父：「唉！早跟她說過，她自己有潔癖，就要整個家的人配合她。『癖』這個字，本來就是用來形容一些比較罕見和奇怪的行為或者興趣。她的清潔標準，很

多時大人也難以理解，怎能要求小朋友都能明白呢？」

W+ – 莫雅琳：「她最近也很少罵我們了。」

W+ – 莫父：「這就好了，我要工作了。總之妳們記住，做任何事都要過得到自己的良心，想想父母知道妳做了這樣的事，會開心還是不開心。」

W+ – 莫雅琳：「知道了。」

莫雅琳父母的感情似乎不太好，甚至乎很少見面。莫雅琳的剛強認真，明顯受到父母的影響。

一時三刻，接收了這麼多秘密，林進勇有點消受不了，也不想因為知道這麼多而去做甚麼。他關上 W+，倒頭就睡了。

輸入中

TYPING

#25 獵人與獵物

了解眾人的家庭後，林進勇對於翻看 W+ 訊息更加樂此不疲，看著螢幕上精采熱烈的群聊對話、胡鬧發言和煩惱分享，內心卻只覺隔了一層寒冷的玻璃牆。他明白，靠著駕馭秘密所得到的「全知」永遠無法換來真誠的友情與認同。

他清楚知道所謂的訊息安全，原來是如此不堪一擊，所以自己根本不會再使用任何社交軟件。久而久之，林進勇無論現實和網絡上，都不再與人有認真深入的交流。

他長久凝視著手機，心裡反問自己：這樣的日子，還有甚麼意義呢？

資訊固然珍貴，利益雖大，但友情流失、信任斷裂，早已令自己孤立於人群之外。他懷念那段單純互信的歲月，也懷念與好友談天說地、無所顧忌的時光。此刻，他曾衝動想要推倒一切，坦白秘密，努力修補破碎的關係。

然而現實的猶豫與恐懼讓他遲遲無法跨出這一步，只能遠遠觀望著昔日夥伴，心生無力。

季節轉換，光陰悄然改變著每一段人際的距離。林進勇與任超、楊心瑤、施樂晴幾人，從最初的無話不談、互相信任，變成了社交媒體的固定留言者、淡如水的訊息問候，僅餘茶水間那些表面的寒暄。

不論 W+ 為他帶來多少優勢，那股從心底滋生的隔離感卻再也無法驅散。

有一天，他在 W+ 裡注意到，部分往日的摯友已陸續退出舊有群組，另建新圈，自己卻不在名單之列。林進勇這才驟然警醒——再多的秘密、再多的利益，都換不回一個信任自己的朋友。當資訊成為唯一的倚仗，他已在無聲中失去了人生真正的價值。

他坐在螢光幕前，望著夜色深沉，輕輕放下手機，第一次誠實思考：「也許我該放下一切，重新學會坦誠與溫暖。」朋友之間最重要的，從來不是掌控，而是信任與理解。他在心裡默默自問：如何才能走回原點，彌補這些逐漸裂解的情誼？

忙亂壓抑氣氛籠罩著每位同事，林進勇卻在日復一日的工作中感受到一股難以言喻的不安。他早已習慣將 W+ 隱藏在手機最深處的桌面，然而每天仍例行打開，唯有掌握同事的八卦與消息，才能勉強鎮定心神。然而隱隱之間，他也感覺到某些危險正逐漸逼近。

自從朋友圈日益疏離，林進勇對 W+ 的依賴變得又愛又怕。這項本以帶來優越和掌控感的工具，如今似乎變成了沉重的負擔。他曾想完全忽略，但始終無法割捨其中的利益與情報。不斷重複的矛盾和掙扎間，來到某個清晨，一則意外訊息打破了僵局。

當天臨近上班時，莫雅琳忽然在公司內網群組發布公告——

「各部門請注意：因應近期資訊安全疑慮，公司正展開內部通訊設備安全檢查。請同事檢查手機是否出現不明應用程式或異常更新提示，若有疑問請聯絡本部門。網絡安全，需要大家配合！」

末尾還有顯眼的紅色警語：「發現可疑程式，請勿主動刪除，請優先聯絡 IT 部諮詢。」

公告看似平常，在林進勇眼裡卻猶如警鐘。他反覆閱讀，察覺訊息背後隱藏的警告。莫雅琳一向細心，對資訊安全問題特別關注。

近來她配合 IT 部門調查內部流量異常，時不時用平常語氣旁敲側擊：「你平時怎麼管理資訊？有沒有安裝甚麼新程式？」當時他不以為意，現在回想，才驚覺對方也許早已起疑。

林進勇在腦海來回推敲：這則公告究竟是普遍提醒，還是有選擇性的暗示？為何特別強調請勿卸載可疑程式？他頓感手中手機竟如燙手山芋，冷汗由掌心滲出。

那一整天，林進勇心神不寧，盡量不與人多話。他觀察莫雅琳的舉動，同時翻查自己在 W+ 上的操作紀錄，謹慎檢查有無可能引起 IT 部高層注意的蛛絲馬跡。午餐時間，他經過茶水間，側耳聽到 IT 高層們正在低聲討論：「最近幾部手機的上傳數據異常，懷疑安裝了高權限的不明程式，看起來很像間諜軟體。」「得小心一點，不能直接封鎖，要先確定用戶身份，再處理。」

這些對話傳入林進勇耳裡，無異當頭棒喝。他當時以 W+ 為情報利器，卻忘了這間公司本身也在訊息流中佔據主導權。每次內部買賣、每次 IP 登入、每次搜尋紀錄與點閱詳細內容，都極可能留下數位足跡。

林進勇猛然意識到，自己不僅是情報的使用者，更可能變成調查的目標。

重返座位後，他強迫自己維持平靜，但注意到文迪等同事亦在談論資訊安全風險。

文迪低語：「最近 IT 查得很嚴，手機幾乎不能亂裝新程式。」

瑛姐接道：「我也剛收到系統通知，說偵測到不明連線，要我做實名驗證。」

林進勇感到內心壓力倍增。他僅能裝作從容，心中卻清楚，過去探索和監控他人行動的習慣，很可能已接近暴露邊緣。他甚至質疑 W+ 是否將所有操作紀錄自動回傳到某個伺服器，自己的每個動作也許早被紀錄在案。

午餐後，他獨自去到樓梯間，打開 W+ 反查權限，發現 W+ 取得的監控權限早已遠超預期，不僅能閱覽通訊和照片，還能讀取拍照、錄音等聲音影像資訊。原本令他得意的「滲透」，其實可能早被更強的監控網路「圈養」。他企圖自設保護措施，但程式設定權限已全鎖定為「僅供讀取」，不能更改。甚至每次查詢、刪閱與搜索，都會被詳細記錄，回傳外部服務器。他心頭緊縮，

深感自己早已經落入圈套。

下班時，莫雅琳主動等在大樓門口。兩人並肩走出，周遭人潮稀疏，冷風中透著花香。莫雅琳輕聲道：「進勇，我想問一問，你這段時間有沒有覺得網絡有些異常？尤其是有些應用程式要求過多權限？」

林進勇頓了頓，努力讓語氣保持自然道：「現在很多程式都是這樣，為了備份和同步，都會要求許多權限，應該沒甚麼問題吧。」

莫雅琳的神色複雜，語氣則持平穩：「這事我留意有一段日子了。不久前我看公司後台，發現有部手機的數據傳輸異常頻繁，有幾個程式同時連向不明伺服器。我衷心建議你，別安裝來路不明的東西，到時候出問題，損失不止個人利益。」

這句話明顯帶有提醒與警告，林進勇聽後心頭發緊。他明白再不能疏忽──在這資訊互監的時代，他想要掌控別人，自己終也會成為被監控的對象。

兩人一時沉默。

林進勇低聲回應：「謝謝你的提醒，我回去會再檢查自己的手機。」話語力求鎮定，心裡卻是翻江倒海。

莫雅琳最後說了一句：「無論好事壞事，最終都會有人知道的。」就走了。

當晚，林進勇回家後反覆琢磨，試圖回溯 W+ 的安裝源和運作邏輯。在查閱安裝目錄時，他發現數個以亂碼命名的資料夾封鎖了存取，並可疑地出現多組無名帳號，且存取紀錄怪異。他上網以多種語言搜尋 W+ 相關的資訊，發現只有零零星星的技術社群討論，並有：「新型社會挖掘工具」、「已知存在反向監控風險」等技術警告。

他終於明白，自己一心以資訊武裝自身，其實也早被深不見底的數位陷阱收編為獵物。

#26 雙刃劍

次日清晨，他帶著沉重心情再次檢查手機安全設定，卻發現即使用最底層的安全軟件，也無法解析 W+ 主體程式，甚至嘗試刪除時，手機依然彈窗顯示：**【重要訊息尚未完成回傳，建議不要卸載。】**

打開電腦，他突然收到了匿名郵件，內容只有簡單一句：「你知道多少，別人也能知道你多少。請勿低估網路雙刃劍。」

林進勇頓感不寒而慄。他明白，這已不再只是個人風險；公司 IT 部、外部技術團體甚至黑客，可能早已加入這場資訊暗戰。他腦海不禁浮現莫雅琳的那句：「無論好事壞事，最終都會有人知道的。」此刻他真的開始動搖。

整個下午，他故作鎮定完成日常工作，卻不時留意莫雅琳的一舉一動。她顏色平靜，偶爾眉宇間閃過堅決的神色。兩人彼此心照不宣，權力與警戒在無聲間交鋒。林進勇深知，原本依賴資訊獲得的安全感，實質不過是脆弱的泡影。自己已變成被困於科技支配的囚徒。

夜色下，林進勇回家路上思緒萬千。他思及 W+ 所帶來的雙重身分：一方面是偷窺者，另一方面卻也是被窺探、被記錄、被監控的對象。在這個資訊時代，所有行動都留有記錄——每個選擇都會投射到一面更高層次的鏡子，被觀察、被批判。

手機螢幕閃爍新消息，他卻感到前所未有的壓力。W+ 此刻究竟是保護還是枷鎖？他無法抉擇，也無法輕易割捨。這一刻，他只覺內心極為疲憊，孤獨感與不安如潮水般湧來。

家族秘密揭開後，他的內心從未真正平靜過。每每深夜回望，白日偷窺同事秘密的快感，如今只換來越發沉重的愧意。他自問：若父親當年坦白，家庭命運能否逆轉？而自己對同事多一份理解，也許能減少無形的傷害。徹夜難眠成了習慣，他在懊悔與自省間反覆拉扯——是否還有機會挽回過去？或許，唯一能做的，就是直面現實，尋找屬於自己的出口。

外表繁華的世界之下，早已藏伏著失控的烏雲。心頭懷著恐懼與反思，林進勇迎來了一個既充滿憂慮又藏有微光的清晨。

#27 現實與虛擬

城市的霓虹映照著狹窄街道與高樓大廈，彷彿給這個世界披上一層冷漠而真偽難辨的外衣。林進勇伏案於辦公桌前，窗外細雨微斜，屋內燈光刺眼而冰冷。近期，他總覺心頭壓力沉重，社交圈漸趨稀疏；而資訊世界，卻如無底深淵，逐漸將他的精神與現實吞沒。

整個辦公室裡的氣氛逐漸變異：同事們或刻意冷淡，或忽然熟絡，皆令人感到無比不自在。任超反常地沒有打招呼，只在群組留下一句「早安」便再無回應；而莫雅琳每次與林進勇相遇，神情複雜，欲言又止，最終未再多談。

林進勇敏銳地察覺到，整間「輝騰國際」的同事們都開始變得戒備，信任感變成遙不可及的幻影。在茶水間，他聽見同事們議論紛紛：

「我從沒和那個人聊過天，為甚麼我的秘密會傳到總部去呢？」

「部門群有甚麼風吹草動，第一時間就被人知道，難道有人在監控？」

「有人說蔣總監和副總監在聯手調動人事，這種消息怎麼能那麼快就傳開？還有甚麼事情是保得住的？」

林進勇臉上強作鎮定，內心卻是陣陣發顫。他意識到，辦公室是非這條暗流早已匯聚成失控的洪水，而自己過去仰仗 W+ 所獲得的資訊優勢，在現實面前竟是如此不堪一擊。那種以為能夠全盤掌控一切的「全知」幻象，如今反過來將包括他自己在內的每一個人都緊緊網羅住，徹底失去自由。

「資料外洩」風波迅速升溫，不僅限於財務部。有人驚訝發現，自己的家務事竟然成為辦公桌旁的熱點話題，甚至傳言指出：「有同事投資失利，結果還被公開取笑。」財務部的俊華因此變得異常沉默，每見同事靠近立刻收起表情。

林進勇聽聞類似針對自己的傳言，心底一陣發冷，不禁回想日前如何利用 W+ 得悉俊華的股票消息，內心頓時湧現自責與慚愧。

公司裡不論團隊群、興趣小組還是朋友圈，全都瀰漫著互相猜忌的氛圍。

有人私下議論誰才是「內鬼」。某次加班之後，有同事匿名留言：「最會搞技術的那個人，遲早會有報應。」公司高層於是緊急召開會議，嚴正公布資訊安全新規，要求所有員工重設密碼，並禁止一切外來裝置連入內網。

這些接踵而來的突發事件，猶如驟雨般衝擊著林進勇的內心防線。W+ 的安裝最初讓他在辦公室宛如情報高手，洞悉人心、運籌帷幄，也一度強化了他的社交自信。

然而，自從莫雅琳暗示危機，林進勇開始察覺自己也不過是被監控的對象，原本的優越感轉瞬瓦解，換來無盡的焦慮與孤獨。慾望與好奇，讓他明知不妥仍反覆登入，但每一次操作，都像走在鋼索上，甚至懷疑自己的行為已被系統、同事甚至更高的看不到的手悄悄記錄。他開始質疑自身所有的偽裝與安全感，是否早已如沙漏般消散。

焦慮開始從職場蔓延到生活各個角落。

他越來越懷疑，自己是否早已淪為 W+ 或某個隱形組織的掌控玩物？個人情感與慾望，甚至內心的轉念，會否已被數據與演算法寫作程式，被輕易解讀、分析、利用，最終反被公開審判？

每當滑動手機，他總覺有雙無形的眼睛在盯著他，不只是系統，還包括身旁同事、整個朋友圈，甚至整座城市的大數據與 AI 網絡。手機通訊程式已然從消遣，衍生為監控、象徵、威脅與勒索的工具。

W+ 上的訊息內容亦逐漸扭曲。往日每當登入，總能即時掌握各種職場秘辛；現在他卻發現，不少對話與私訊會意外出現在無關的群組裡。有一天，甚至自己與任超的私下對話，也以匿名形式現身於其他討論串。他更驚恐發現，以往以備忘錄形式記錄的個人情緒或對同事的不滿，竟被「小道消息」加工後流傳開去，成為攻擊話柄。

他逐漸發現，現實與虛擬的界線正慢慢消解，辦公室原本熟悉的溫度，因資訊的不斷流竄而變得難以捉摸。林進勇時常做惡夢——自己的私隱徹底暴露，所有人都能隨意討論他的軟弱與過錯。夢醒後發現，這種焦慮並非無的放矢：辦公室原本的微妙氣氛被洩露事件攪亂，同事反應詭異，甚至公司發布嚴厲聲明徹查。資訊優勢已經消失，他反而徹底失去對個人私隱的掌控，只能被恐懼與罪咎壓得喘不過氣。

辦公室裡每個人都神色凝重。林進勇強作鎮靜，心底卻五味

雜陳。他前所未有地感受到資訊戰反噬自身：過去以為能靠捷徑獲取權力，最終卻成為信任破裂的核心，也為人心隔閡埋下禍根。

#28 信任崩潰

午休時，林進勇主動找到莫雅琳，希望在茶水間單獨談話。房內只有兩人，氣氛顯得異常沉重。

林進勇誠懇地看著她，低聲說：「你最近有沒有覺得，公司的流言蜚語變得特別混亂？我現在幾乎無法相信任何人，自己也變得格外慌張，不知如何應對……」

莫雅琳凝視著他，沉思片刻才回應：「其實大家的心情都很差。不只是你，很多人都懷疑自己的私訊被人窺視。W 程式群裡經常冒出匿名消息，沒人說得清到底是誰洩漏。感覺公司裡有些事已經不是我們能掌控的。」

她又停頓了一下，補充道：「你之前常常比別人知道得早，甚至知道得多。說實話，我也懷疑過你，現在這個局面下，就算不是你發起，也很容易被誤會。事實上，如今根本分不出甚麼是真的、甚麼是假的。很多時候，即使不是你做的，別人也寧願相信一定是你。」

林進勇陷入了沉默。他既想澄清，又無力辯駁。面對這樣瀰

漫著不信任的氛圍，他終於明白，這已不是技術上的鬥爭，而是一場人性深處的危機。當人人都在猜忌與監控彼此時，現實與虛擬早已交織纏繞，無法分辨真假，更不要說出現真誠與慰藉。

這個時候，施樂晴興高采烈地跑到茶水間，待見到二人神色凝重地談話，也立即收起笑容，只禮貌地點頭打招呼，很快就一溜煙地跑了。

連一向天不怕地不怕的「輝騰國際開心果」也變成這個樣子，讓人看著心痛。

自那以後，林進勇變得越發敏感。在家中，他甚至對遙控器、電腦、手機、智能音箱生出莫名的警覺與畏懼。時常懷疑自己的聲音會被錄下，甚至畫面被某個看不見的鏡頭監視。就連母親親切叮囑他多添衣服，他也會懷疑對方是否聽說了公司裡流傳的某些謠言。

他試圖關閉 W+ 的部分功能或直接卸載此軟件，但系統反覆彈窗阻止：【本程式正在同步您的關鍵數據，請勿強制關閉。部分資料已自動儲存於雲端，刪除不可逆轉。】

在屢次嘗試無果甚至一度怒摔手機後，他冷靜下來，只感到徹底的無力：資訊被備份，檔案被同步，生活早已數位化——本來得意於自己是掌控者，現在才發現，自己已淪為階下囚。

日子一天一天過去，林進勇漸漸意識到，私人生活根本不再屬於自己。公司裡同事之間直接溝通越發減少，取而代之的是彼此翻查訊息、網上監控和猜疑。恐懼滲入現實各個角落，辦公桌、茶水間、洗手間、走廊都成為潛在的觀察點。所有笑語都像演出，所有人情味與真誠只剩回憶。

他不禁想起任超，想念從前朋友圈的溫暖與信任，如今已經無人敢公開傾談。群組裡只剩些公務傳達、公文轉發，沒有任何真實交流，有人甚至開玩笑説：「現在連是非八卦都不敢説出口，怕一句話就被記錄下來。」這句話讓林進勇感到莫名的心酸。

更讓他不安的是，常常見各人的話語在群組或郵件中被人擷取斷章取義，曲解成新的八卦話題流傳出去。他彷彿既受到外界操控，更被不可見的演算法推著走。所有曾有的自信、判斷力與主體性，在不斷疊加的監控與風聲鶴唳中消散無蹤。

危機感日益加重。

八月的第一天，各大辦公室的聊天群不約而同相繼爆出楊心瑤、施樂晴、陳美瑜和莫雅琳「四大女神」的所謂絕密秘聞。

【施樂晴父親無業窮困，欠債累累】

【楊心瑤拜金港女，向高層獻媚欲嫁入豪門】

【陳美瑜的母親放蕩不堪，女神生父成疑】

【莫雅琳護士長母親高壓教育】

每一宗消息都吸引眼球，配上四人的美照和一些亦真亦假的所謂「真憑實據」，一時之間確實真假難分，引發群眾們不斷討論，話題無限延伸。

林進勇立即開啟 W+，查看那個名為「Fabulous Four」的女神們群組：

W+ – 施樂晴：「我家裡的事，全公司我只告訴過妳們三個，為甚麼會流傳得街知巷聞？」

W+ – 莫雅琳：「我沒有說過出去，我母親是護士長，也應該只有妳們三個知道。」

W+ – 陳美瑜：「我也沒有說過。」

W+ – 楊心瑤：「我也不明白，為甚麼會說我向高層獻媚？」

看得出她們開始互相懷疑，林進勇立即上網搜尋，發現多家媒體相繼報道本地企業出現「數據失控」現象，涉手機監聽、雲端洩密等案件。有 IT 評論指出：「大數據時代下，個人行為早已不再屬於自己，而是被算法、商業機構和灰色勢力共同操控的資產。」他讀到手足冰冷——他開始明白，自己以為的「知道太多」只不過令自己更早成為待宰的羔羊。

真實的私隱不復存在。公司持續暗潮洶湧，隔三差五就有人被公司調查、有人主動辭職、有人刪除帳號，甚至不再聯絡。他看到文迪在群組無奈留言：「有人今晚有空喝一杯嗎？老這樣下去我快瘋了！」但無人回應，氣氛既壓抑又冰冷，每個人都只顧自保，彼此隔絕。

下午，林進勇正要離開辦公室，手機突然收到提示：【今日已偵測到三個不同 IP 查閱您的紀錄，建議注意操作安全。】這是 W+ 極少啟動的「用戶安全輔助」功能。他愣住，呆望著這幾行字，感覺到有一股無法抵擋的力量正收網而來。

那些曾帶來安全感與自信的數位工具，如今成了束縛與暴露自己的利器。他痛苦地明白，就在各種監控下，自己已被徹底攤開於世界前，只剩無盡的檢查、追蹤，昔日所有的秘密，都已不

復存在。他渴望逃離，卻發現虛擬與現實早就交錯成為一道束縛人心的漩渦。

當夜深後，他獨自坐於書桌前，手裡攥著手機久久不敢解鎖。

他想起父親當年留給他的遺信：「人終究不是敗於一時挫折，而是敗在看不清真相與幻象的恐懼裡。」如今這句話成了驚醒心靈的警鐘。他深知，毀滅一個人的從來不是現實多少殘酷，而是信任崩潰與恐懼蔓延的那一刻。

他靜靜地望著夜色，既再難相信有真正的私密，也不知自己還能否掙扎撕開現實與虛擬交織的枷鎖。內心蒼涼、天色難明，他也早已分不清是自救，還是墮入永恆的深淵。

#29 初探黑幕

晨光昏暗，雨季將臨，辦公室依舊凝重壓抑。林進勇久違地早早到達公司，窗外的風聲呼嘯，彷彿要將城市的隱晦與壓抑一一揭露。這段時間以來，從個人私隱的瓦解到團隊間信任的崩塌，訊息外洩、流言四起，林進勇深感人生迅速走向不可控。他越發明白，自己和同事的命運早已被某種無形勢力操控。

自「危機警告」以來，W+ 成為他難以擺脫的枷鎖，不只奪去了尋求資訊自由的快感，更將他推落無盡深淵。

最近林進勇開始察覺，這一切並不僅僅是某個通訊程式造成的單一事件。當夜，他整理書桌時，偶然在一本舊筆記本中找到一張泛黃的名片──「李冠軒　教授　資訊工程學院」。這正是他大學時曾與任超一同聽過講座的教授，當年教授警語仍然猶在耳邊：「科技之車，終將超越個人掌控。」

林進勇突然警覺。回想 W+ 進入公司後，各類傳聞均指其背後功能神秘而來歷不明。據說 IT 部曾發現資料外洩源頭，但 W+ 所採用的加密技術遠超當前主流，難以破解。

若 W+ 並非市面常見的惡意軟體，而是有更深層設計和目的？他聯想起過往諸多巧合——例如任超當年在加入公司後，曾無故消失數日；W+ 流入之際，恰逢數名資訊安全部新員工入職，公司內部資訊環境大變樣。

這些線索如晨霧初散，雖然未能窺見全貌，卻點燃了他找尋真相的決心。他意識到自己不能再被動，必須主動查探幕後黑暗的真實面貌。

晨會上，林進勇刻意隱身在角落，僅以極簡回應參與討論。原本的工作話題很快讓步於最新一輪「資訊外洩」風聲。陳美瑜低聲對莫雅琳說：「你覺得最近的訊息洩漏事件，到底背後誰在操縱？網上有人說和黑客組織有關，還提及有人混入大學搞技術研究。」

莫雅琳目光複雜地瞥了林進勇一眼，冷靜回應：「網上消息未必可信，不過這類專案通常都有博士級人物參與。我倒曾聽說有教授專門研究技術滲透和對應實驗……」

話語雖短，卻令林進勇內心震動。教授、校園、黑客技術……這些詞語串聯出一條潛伏的線索。他進一步回想，任超大學時曾與該教授頻繁接觸，私下甚至參與過特定專題計劃。是否早在畢業前，任超就以某種方式介入了這類實驗？W+ 這種可以直接破解 W 程式的高端技術，難道跟李冠軒教授和任超有關？

這時林進勇意識到，任超今天遲遲未到，而且近期行為異常，與人交往減少，特別關注資訊安全相關事務，並在高層調查期間頻繁在各部門出現，給人一種極不尋常的感覺。

林進勇決定主動行動。他嘗試自 W+ 系統的後台查找漏洞，欲窺視部分原始碼及數據傳輸路徑。多次嘗試後，他總是受到防護封鎖，僅在隱藏資料夾中發現一串特殊標記：「LX-19890714」。他深入查閱數據結構，赫然看到許多以「prof」「yamchuii」「seed」開頭的備份文件，並發現某一日誌雖大部分以亂碼呈現，卻留有一行清晰記載：「Prof_LKU, assign: seedX... test drop completed.（LKU 教授，分配：種子 X…測試投放完成。）」

林進勇心頭一震。「Prof_LKU」是否就是李冠軒教授的英文縮寫？「yamchuii」與任超的英文名字 Yam Chiu 僅一字之差，而「seed」明顯帶有程式試驗痕跡。他記下關鍵檔案的日期：正是公司高層大換血的期間，而任超也正是在那時進公司。

林進勇還未進一步追查，系統便跳出一個紅色警告：【訪問異常——警告：未經授權的存取將被記錄。如需協助，請聯絡您的指導員。】他勉強鎮定，立刻將重要內容截圖備份於隱密郵箱，並決定從人際路徑尋找更多線索。

輸入中

TYPING

#30 兄弟情不再

這天，林進勇在公司的洗手間如廁後洗手，奇怪的事情發生了。林進勇身後一個沒有人使用的洗手盆上，那自動感應出水口，毫無先兆地突然噴出水柱。

這事並不是第一次發生，他想起之前跟任超他們提過，原來大家都發生過這種事。

當時，任超淡然地說道：「不用大驚小怪吧，不過是自動感應系統出錯了。」

林進勇煞有介事地說道：「不，其實是有我們看不見的靈體在洗手！」

「哇！」楊心瑤和施樂晴被嚇得叫了起來。

任超搖搖頭反問道：「靈體也要洗手嗎？」

那時候眾人一同大笑起來。

想到這裡，林進勇自己一個對鏡傻笑，他仍然很想念以前的大家。抬起頭，看著鏡中隻影形單的自己，卻又悲從中來。這時，他決定去做點事，扭轉現在這種被動的局勢。

傍晚，林進勇特地在公司樓下的小商店旁邊守候任超。兩人見面沉默片刻，前者壓低聲音道：「今晚能否一起喝一杯？我有事想和你聊聊。」

任超猶豫一下，點頭同意：「也好，最近事情太多，正好需要放鬆一下。」

來到酒吧後，林進勇沒有寒暄，直接切入主題：「有些事情我想問你。還記得大學時李冠軒教授主辦的那次黑客比賽嗎？你是否參與過相關專案？」

任超神色明顯變化，端起酒杯略作掩飾。

「的確有參與過一些專案，不過當時只是玩票性質，主要是測試 AI 自學與感測器破解，沒想到會有後續發展。」他避重就輕地回答。

林進勇直視任超，語氣嚴肅：「但我已經發現 W+ 的部分程式碼來源與你們大學那批資料有高度重疊，而且教授的資料鏈也在裡面。你是否參與過 W+ 的核心開發？」

任超被問得一時無言，最終承認：「連這種程度的密碼也能破解，我也不怕跟你説實話。你的確説中了大半，你最近得到的 W+ 程式，我的確有份參與研發。那時教授帶領我們做過社會網絡模型實驗，本以為只是學術測試，沒想到有人拿去大規模應用。教授後來與境外資本有接觸，有人準備擴大這項技術試驗，可惜最後事態演變得不可收拾。我也曾想停手，但外流的複本被黑市和公司高層拿來修改，甚至植入了不明功能。」

酒吧光影交錯，兩人沉默良久。林進勇冷靜追問：「你知不知道現在情況有多嚴重？整個辦公室已進入信任崩潰的邊緣，W+ 早就不是單純的社會數據工具。你們與哪些組織合作？現有資料是否落入黑市或特定利益方？」

任超露出無奈神情：「教授與一些海外投資者討論過將 W+ 用於市場預測和情緒監控。後來教授專斷行事，引來危機，如今下落不明，甚至傳聞資料庫遭洩漏。他的博士生也成為資料流轉的仲介。原本我們設計了緊急刪除機制，但商用版本被繞過，缺口

無法補救。」

林進勇思索再三，緩緩道：「所以你們最初只是純粹研究，但後來卻被利益層層挪用與修改，最終淪為失控的工具？」

任超點頭認同：「我們本來想觀察資訊如何影響人際信任，測試人心極限。教授曾說，只有徹底摧毀界限，才能洞察人性本質。但現實遠比學術複雜，不同權力與利益進場後，工具總有一天會變成傷害所有人的利器。現今你看到的這些亂象，就是社會分化被推到極端的結果。其實這也是 W+ 設計時預設的『實驗值』——想看人類在極端不信任下如何反應。」

他頓了一頓才道：「我……也是後來才知道教授和他的團隊把你當成 W+ 的首批研究對象。」

林進勇聽罷，心情無比沉重。他既憤怒自己被利用，也對教授那種冷峻的理性心生敬畏。他終於明白，所謂「資訊失控」背後，其實是一場無聲且殘酷的社會實驗。參與其中的每個人，最終都成為試驗對象，任何人都無法全身而退。

當晚返回家中，林進勇百感交集。他仔細翻查資料，追蹤教授的學術足跡，發現李冠軒早在多年前便於國際會議發表過以社會網絡行為與技術操控為題的報告。其中一段敘述：「當大型資訊系統滲透進群體結構時，必然出現信任網絡崩潰，並同步產生『自證監控』，即每個人都在彼此監視，最終所有人陷入自我懷疑和防衛。」

這正好呼應 W+ 幕後的設計邏輯。任超等工程師也不過只是知曉部分真相的實踐者，最終都無法自保。

林進勇突然心生寒意。如果任超和教授之間仍有聯繫，自己是否已經陷入更龐大的測試之中？

W+ 表面是一款資訊工具，實際則是社會分化與心理操控的載體。公司內每一則流言、每一次信任崩潰、每一宗衝突，無不成為幕後設計者的實驗樣本。

#31 女神困獸鬥

晨曦灑落，辦公樓玻璃牆上映照著一列疲憊身影。

輝騰國際四大女神——莫雅琳、施樂晴、陳美瑜與楊心瑤——今日難得齊聚一堂，而會議室裡，緊閉的大門將外面奔騰不息的職場氣流阻隔，將她們推向一場前所未有的情感與信任危機核心。

莫雅琳近來整夜輾轉，臉色憔悴，肩上重擔令她雙眸晦暗；施樂晴向來自信活潑，然而今朝卻略顯拘謹，眼底隱約帶著戒心；陳美瑜平日嚴謹，今日神色散亂，猶猶豫豫似欲開口卻又壓抑；楊心瑤則最為沉默，表情間夾雜著未言的悲傷與困苦。

四人昔日並肩作戰，互訴衷腸，曾是職場中一道並肩共進的耀眼風景。然而，隨著 W+ 黑幕與私人資訊洩漏事件激化，公司流言蜚語似濃霧般侵入她們各自的生活、情感與信念。一道道裂痕，漸已不可挽回地劃開。

「我們今日需要好好談談。」莫雅琳首先開腔，語帶顫抖，卻滿懷決心，「否則，不但職場不保，連最後一分友情亦將喪失。」

自 W+ 資訊連環洩露之後，公司內部「小道消息」越演越烈。四大女神身為眾目焦點，各自成為議論、責難甚至攻擊的對象。部分內容涉及感情、家庭，甚至財務糾紛，也有無端誣陷者冷嘲熱諷。由於職位與名聲，她們頓時身陷困獸之境，每日如履薄冰，不僅小心提防外界揣測，更需面對同儕間的信任考驗。

施樂晴首先道：「你們都知道，公司內部最近流傳著各種各樣關於我們的消息。家人、戀人、私生活皆受牽連，每晚電話不斷質問、謾罵和滋擾。」

陳美瑜聲音低沉回應道：「我亦無異。我的家人的資料也被公開，外界質疑我的身世，甚至有人致電父親的學校，對家父冷嘲熱諷，讓他無辜受害。」

楊心瑤緩緩道：「我昔日最重信任，與你們每一位都傾訴心曲，現在卻不敢輕信一人。有時甚至懷疑，我們當中是否有人無意中成為洩密的起點……夜裡翻覆難眠，信任與猜忌輪番佔據思想。」

莫雅琳看著她們，淚意閃爍，低聲說道：「其實……我很想相信妳們，但那些流傳出來消息詳盡清晰，雖然很多誤導和虛假資

訊，但明顯是知情人士所為。」

楊心瑤點頭道：「對，但這些絕密消息，只有我們幾個會知道，到底是誰把這些資訊傳出去呢？」

沉默長久包圍著她們的會議室。

曾經無話不談的四人，於波詭雲譎的資訊鬥爭面前，忽然間發現彼此可以如此陌生。過去那些並肩加班的深夜、為一點業務成果欣喜流淚、在茶水間交換心事的小溫情，如今全化作一道道不能言說的隔閡。

陳美瑜忽而啞聲問道：「究竟，我們最大的敵人是誰？是外界流言？還是彼此內心的恐懼？」

楊心瑤輕聲道：「曾有人說，困獸鬥真正可怕的，不是外敵，而是困在同一籠中的同伴漸生不信。人心最難防，亦最易毀。」

施樂晴壓抑已久的情緒終於爆發：「我問自己，是不是哪一次無意間向外人多說了一句，害到你們？但我平素雖然口沒遮攔，但我也是有分寸的，我可以肯定，妳們的秘密，我一句也沒有洩

漏過。其實，我心底是完全相信你們的，但當層層是非如潮洶湧而來，我亦不能平靜面對每一回指控。」

沉痛化作無聲的淚水，慢慢流淌於四人之間。

沉寂過後，陳美瑜緩緩將手伸出，緊握住莫雅琳的指尖：「世界既已勢危如斯，我們若失掉彼此，便真的一無所有。」

施樂晴也握住兩人，楊心瑤緩緩伸出手，四手緊扣，中間是因愛生傷、因傷生恨，卻又因信任願意和解的溫度。那一刻，她們心內的堅冰初次出現裂縫，一縷溫柔暖意悄然回流。

莫雅琳顫聲道：「有一事至今不敢坦承——我曾懷疑美瑜將資料給外部媒體，甚至向資訊安全部暗中查你的用戶紀錄；也曾懷疑過樂晴的一張嘴；最終我發現，其實我更怕自己承擔不起真相……害怕失去你們的信任，比失去名聲更令人痛苦。」

陳美瑜坦誠：「我何嘗不懷疑過你們？時局動亂，皆因小處不慎。可我記得夜裡你們為我擋過誤解，每當我脆弱時，是你們默默守候。」

楊心瑤淚光閃動：「我怕自己言語太少，容易被懷疑對妳們漠不關心，卻未想過大家心有同病。我們其實都是受害者，亦是時代下的棋子。」

施樂晴哽咽道：「今日任何一個消息外洩、一句心底秘密曝光，都不只是私人之事，而會即時成為輿論武器、公司談資，甚至顛覆友誼的毒藥。當制度崩潰、信任瓦解，我們僅能抱持自身為善，以彼此最後一分溫情，默默守護。」

會議室窗外，陽光漸亮。四人細細回首，以往同行的時光不斷於腦海浮現：初入職場的手足無措、聚會時的明朗大笑、困難時的無聲陪伴，也有爭執、誤會，甚至瞬間的嫉妒與心傷……這一切情感，既是真實人間，也是險境下最可信賴的堡壘。

「同袍共苦，惟願彼此不棄。」莫雅琳呢喃，一語道盡心聲。

「只要我們堅持溝通，選擇相信而非懷疑，世界再亂，也未必不能自保。」陳美瑜輕聲和應。

「我願承認自己的恐懼與軟弱。」楊心瑤難得主動道，「只盼以坦誠換來一絲彼此諒解。」

「我不再問你們是否會離開我，」施樂晴微笑，「只想珍惜每一段微小的光和熱。」

四人相視而笑，眼淚卻同時簌簌落下。這一刻，她們既是困獸，也是彼此唯一的依靠。至此，她們已經不知如何是好。

這時，會議室的大門被推開，林進勇出現在她們眼前。

林進勇沉聲道：「妳們不需要互相猜疑，公司裡知道妳們秘密的，肯定不只妳們四人，W 程式的訊息已經不再安全。」

眾人都聽得莫名其妙，初時還以為林進勇在開玩笑，但楊心瑤見他說得認真，問道：「進勇，你在說甚麼，W 程式不安全？」

林進勇看著她，咬一咬牙，終於決定把他得到 W+ 後發生的事從頭到尾扼要地說了出來。他說的時候毫不停留，完全不給她們發問的機會，也怕自己說到一半不敢再說下去，說著說著，眼淚不由自主地流下，把這幾個月來的所有恐懼、擔憂、內疚、羞愧、孤獨、無助，全部發洩出來。

說完之後，林進勇全身乏力，攤坐在地上，心情卻說不出的

暢快。

聽完林進勇詳細講解完這幾個月發生的事後，眾人沉默良久。

一向直來直往的施樂晴第一個出聲，氣鼓鼓地嬌叱：「林進勇！這麼嚴重的事，你現在才告訴我們，起碼要請我們吃三次菠蘿包配奶茶，才可以原諒你！」

陳美瑜柔聲道：「不，這事不是菠蘿包可以解決的，至少要米芝蓮餐廳的法式大餐。」

莫雅琳冷靜地搖頭道：「妳們都太仁慈了，對待他這種人，應該先狠狠揍一頓，再要他請客五次菠蘿包配奶茶，再加三次米芝蓮法式晚餐才能洩我們心頭之恨！」

楊心瑤也説道：「我要把你的朋友評級降低，轉為好好好好好朋友！」

本想繼續説出懲罰的莫雅琳聽得一奇，轉頭望向楊心瑤問道：「甚麼好好好好好朋友？」

楊心瑤尷尬地說：「我之前讓他當了我的好好好好好好朋友，現在減少一個『好』字，以作懲罰。」

施樂晴叫道：「甚麼？進勇也有五個『好』，那我們幾個是幾多個『好』的朋友？快說！」

陳美瑜和莫雅琳也跟著起哄。

正鬧得不可開交之際，林進勇見她們發怒的樣子不算太認真，試探地問道：「妳們不恨我嗎？」

陳美瑜柔聲說道：「那些傳聞，真的那些，我們光明磊落，根本不怕被人知；假的那些，其實又跟我們無關，根本無關痛癢。」

莫雅琳接口道：「其實我們一直擔心的，是信任的人把我們的秘密說了出去，本來可以信任的人不能再被信任。」

施樂晴笑道：「現在知道，把秘密說出去的人不是這房間裡的人，我們當然鬆一口氣。」

楊心瑤也說：「其實見你這段時間古古怪怪的，我們早就在擔

心你，現在你肯坦白說出你的秘密，證明你是真心把我們當朋友，這次就饒過你吧！以後遇到甚麼奇怪事情，就要立刻告訴我們，讓大家一起想辦法解決，知道嗎？」

聽到這裡，林進勇總算如釋重負，抓抓頭問道：「那麼，現在是大團圓結局了嗎？」

施樂晴誇張地揮舞雙手叫道：「想有情人終成眷屬了嗎？沒那麼快！」

她還向楊心瑤露出一個大有深意的眼神，後者立即滿臉通紅。

身形高䠷的莫雅琳轉身望向窗外，目光變得銳利，狠狠地說道：「哼！膽敢戲弄我們『輝騰國際四大女神』？不管他是誰，我定要把那幕後黑手揪出來，讓他接受制裁。」

陳美瑜說道：「同意，在情在理，我們也要想辦法制止這次訊息外洩的危機。首先，我們要停止使用 W 程式，以至其他電子通訊裝置。」

楊心瑤道：「對，有任何意見，我們就當面提出，有用的重點，就用紙筆抄寫下來，我們不要再被人牽著鼻子走了。」

施樂晴叫道：「好！就讓我們五個人，組成『核心對抗邪惡小隊』。這個會議室，就是我們的作戰總部！」

腦袋早就已經不堪負荷的林進勇見她們士氣高漲，總算重拾了一點信心。

首先要處理的，似乎就是亦敵亦友的任超。

#32 流言不止

然而和解未必意味一切問題迎刃而解。現實壓力依舊——辦公室裡關於四大女神的流言未止，公司上層對她們「私德危機」頗為關注，有人甚至建議將所有涉事員工暫停職務，以示公允。這些風波之下，職場友情持續震顫，欲壓不下的流言與競爭，仍會在未來日復一日考驗人心。

四人約定不再逃避，積極運用自己的專長，協助資訊安全、輿情監控與內部溝通事務。她們一起草擬緊急聲明，明確反對無端抹黑與謠言傳播，自願配合公司調查，堅決維護彼此聲譽與尊嚴。

「我們的敵人，不是彼此，而是那些不負責任的訊息流、缺席的秩序與制度，以及質疑和冷眼帶來的孤立。」陳美瑜堅定陳述。

「只要我們攜手對抗外力，這世界再險，也終會有一隅安穩。」莫雅琳道。

即便前路未明，四人仍願共同肩起如山的壓力，彷如困獸，卻亦有人性不滅的柔韌與善意。

黃昏過後，人事部召開臨時會議，邀請所有涉事人員陳情。四大女神一同赴會，面對同事、領導及外部審查員，她們澄清誤會、坦誠認錯、堅拒謠言，展現非凡的勇氣和凝聚力。會後她們走出會議室時，目光堅定，步伐整齊，周遭竊竊私語也隨之低落。

翌日，公司通報已介入多項資訊安全措施，呼籲全體員工停止任何非必要資料分享與揣測；各級主管公開發言反對以八卦治理職場氛圍。四人也獲允暫離崗位，前往外部培訓與心理重建課程，以防內傷積久不癒。

短暫的平和來之不易。

課程期間，四人於郊野步行，親近大自然以療心，她們靜坐山巔，俯瞰城市萬家燈火，每一盞都彷如人心的微光。

陳美瑜忽然說：「無論世道有多亂，只要我們心中還剩下對彼此的信任，一點點的火種，便足以照亮困境。」

楊心瑤同意：「我們要勇敢承認不完美，擁抱自己的脆弱；正是這份勇氣，令我們比世界更強。」

「友情或許不能兌換失去的名聲，但足以救起彼此沉淪的靈魂。」莫雅琳感慨。

「只要守望相助，不怨不棄，每個困獸之夜終會迎來暖陽新晨。」施樂晴笑道。

四人相擁，彷彿重建了一個小而堅實的世界——那並非絕對無堅不摧，卻足夠讓她們在亂世中彼此扶持，彼此再生。

回首過往，她們透過疼痛學會珍惜彼此，透過原諒學會愛護自己。哪怕流言蜚語再起、外部壓力再大，至少在這一刻，她們都願相信：只要人心未死，光明終會破襲而來。

女神困獸鬥，是社會撕裂下的裂痕尖叫，是流言鋪天蓋地時人性顫抖的投影，更是願意在困境中和解、彼此相惜的勇氣。她們以身作則，向所有人證明：真正的友情與善意，不會因一時敗局、世俗目光，或自身軟弱而倒下。反之，正是這些曾經的崩潰與重圓，為人心點燃不滅的烏金餘燼。

#33 杯弓蛇影

隔日晨會，林進勇邊思索邊觀察同事反應。辦公室空氣凝重，表面平靜之下潛藏張力。有同事在茶水間議論：「最近系統又升級了，保安攝影機也變多。去年那位神秘教授也常常來公司開匿名會議，他究竟想研究甚麼？」

林進勇趁機將自己的發現分享給莫雅琳，並遞給她一份備忘筆記讓她分發給另外三人，低聲道：「你有感到這一切都不是單純的訊息外洩嗎？我查到 W+ 的背後簽名有教授的痕跡。部門情報早已被外部串連，我們每一個人其實都在實驗之中。」

莫雅琳神情嚴峻，小聲回應：「難怪公司高層從未公開說明，反倒只著大家配合調查。說不定我們每日的數據動態都在他們掌控之中。如果真如你所說，這家公司就是一座大型社會實驗場。眼下要做的是核查數據出口，並找出真正的負責人，才能自保。」

之後數日，林進勇、任超與四大女神組成私下小組，通過匿名暗網、舊同學聯繫與特定管道梳理線索。他們發現，教授消失前曾多次與國際大型數據集團合作，該集團正是最近外包安全洩密問題的源頭。

而李冠軒門下的幾名博士生亦分布於全球多地，部分成為數據黑市的運作關鍵。

他們又發現 W+ 長期蒐集手機用戶行為與情感數據，包括朋友圈互動、匿名回饋，最終大規模上傳至雲端，建構社群模型。任超補充：「這其實是對人際信任與分化的極限測試。當社區崩潰時，他們觀察的就是裂縫如何擴散與擴大。」

林進勇終於意識到，公司高層中並非全然不知情，反而有部分人與教授的團隊暗中合作，將數據外流以換取商業利益。最終，被當作活體樣本的，是整個公司，甚至整座城市。

當日下午，林進勇成功利用任超設計的破解工具進入資料備份伺服器。經過多重驗證，他追查到 W+ 資料終端指向東歐某間神秘企業，檔案中一封加密郵件清楚說明：「全部用戶行為已形成社群樣本，數據持續增加，準備啟動新一輪實驗注入。」

他將所獲證據立刻分享給任超及莫雅琳，三人為黑幕之龐大與嚴密深感震驚。莫雅琳堅定道：「既然真相已查明更進一步，我們必須整理內部防線，並將部分風險曝光，提醒組織內外人員自保。」

當晚歸家，林進勇獨自坐於陰雨窗前，思緒翻湧。他深深覺得自己已步入這場科技與人性交纏的危險邊界。大學恩師、舊日友人、公司高層，甚至親近同事皆捲入「現實 VS 虛擬」的社會大實驗，而自己和朋友也僅為棋子之一。

黑暗的資訊角力才剛拉開序幕。

他在筆記本記下：「人在網中，不知身在誰手。黑幕未揭，難見光明。唯有結盟自保，步步為營，或有一線生機。」

深夜時分，他目光堅定地凝視螢幕，暗下決心：無論困難如何，必須查明幕後真相，為自己，也為身邊所有仍在黑暗中掙扎的人，尋找一絲希望與光明。

#34 巧兒之謎

維多利亞港海面安靜如鏡，倒映著城市紛亂的霓虹。林進勇輾轉反側，難以成眠。自察覺黑幕以來，他與任超、四大女神暗中結盟，彼此間越發信任。他們每日深陷資訊漩渦，追查 W+ 背後的勢力與教授的隱藏網絡，穿梭於溫和與焦慮之間。

不過至少，如今的他，不再是孤軍作戰。

在這緊繃的氣氛下，一段塵封恩怨正悄然浮現——這次，主角不再僅僅是林進勇、任超與李冠軒教授，還有一位過去被當作「背景人物」的同事——張巧兒。

張巧兒是資訊安全部的同事，年紀和任超相若，為人低調，一直不太起眼。她個性安靜持重，舉止溫文爾雅。年輕時受過良好教育，卻從不張揚。林進勇印象中，她總喜歡獨自在茶水間，手持書本或手機，神情淡然，帶點不易親近的自信。

這天早上，公司各大群組忽然傳來令人震驚的消息：張巧兒於雨夜被電車撞倒，送院後陷入昏迷，至今未醒。

一時間，辦公室內外風聲鶴唳，私語紛紛：

「她平日身體一向無恙，怎麼會突然被電車撞倒？」

「聽說入院前跟同事在W程式聊天，好像收過奇怪的訊息，然後就聯絡不上了。」

「難道是……網路騷擾導致她情緒崩潰？」

以往針對張巧兒的消息，頓時被一層陰影和疑雲籠罩。自從公司出現資訊外洩與監控事件，沒人再把任何異常現象單純歸咎於「意外」而已。此時任超的神色，比常人更為複雜。

午餐時分，任超主動找到林進勇，語氣凝重且壓抑，他微聲道：「你可知道，巧兒與教授之間，其實有段往事？」

林進勇詫異：「甚麼？她與李冠軒教授認識？」

任超苦笑，眼中浮出隱約痛楚：「豈止認識，而且關係十分複雜。我入學時，巧兒是資訊工程系最受矚目的學生。她本有深厚的人文素養，希望將人文與技術結合，發展人工智慧倫理研究，並經常主動致信教授討論社會網絡理論。當時李教授十分器重她，邀她參與課題，又積極牽線國際學術資源。她所主持的項目，一

度幾近取得出國深造機會。」

林進勇細思，問道：「即是說巧兒也有份參與李教授的 W+ 試驗計劃？」

任超一時沉默，繼而低聲道：「教授一心追求技術突破，曾希望巧兒參與更激進的試驗——可是巧兒強烈反對，不願將技術無底線推向人性極限。兩人終於徹底決裂。巧兒後來於公開會議上批評教授操弄學生倫理，結果被學界冷落，推薦信也被撤銷，出國深造夢想破滅。自此她意志消沉，始終未能重新自信起來。」

林進勇聽後震撼不已。原以為柔弱的張巧兒竟曾有過如此波瀾壯闊的志向與爭鋒經歷。這份「舊恨」，對任超而言，不僅僅是學術分歧，更牽連 W+ 背後所有潛藏陰謀。正如莫雅琳曾言：「科技最大的風險，莫過於權力人性之爭。」

兩人先是沉默，任超旋即低聲說：「教授一直耿耿於懷，認為巧兒害他聲譽受損，甚至間接導致他研究基金一度中斷。這些年來，雖然再無交集，卻不時跟我說起，巧兒真是個天才少女，可惜太過固執。其實，固執的，又豈止巧兒一人？我本來跟巧兒相戀，也因為對教授的計劃意見分歧而分開了。」

林進勇越聽越驚，這才明白訊息監控事件之外，內中錯綜恩仇，其實更為複雜深遠。

更讓人費解的，是張巧兒昏迷前留下的大量線上紀錄。在她昏迷後，公司迅速組織調查。資訊安全部發現，張巧兒手機這幾日不斷接收不明 W 程式群組訊息，內容含有密集訊息暗號、統計數據連結和錄音留言。

職場不安蔓延，更多流言指：「連守護辦公室安全的資訊安全部也被攻擊嗎？」

#35 迷霧小組

當晚，林進勇特意夜留辦公室，查閱W程式備份。技術人員私下反映，最詭異的一條訊息為巧兒最後一次上線時收到——發件人自稱「李教授研究同儕」，內容是一句英文：「You are right, but our world is wrong. See you at the other end.（你是對的，但我們的世界錯了。我們在另一端再相見。）」並附上一組十六位數認證碼及一行亂碼連結。

據悉，該訊息發出同時，有未知IP的遠程數據插入，具備隱蔽性和技術難度。任超推測，這很可能是專為張巧兒設計的技術告別，亦未必不是一次新的社會行為操控試驗。

任超控制不住情緒，在家中主動致電張巧兒母親，詢問一下張巧兒出意外前的狀況和目前的病情。

張母哽咽道：「那陣子巧兒精神狀態不佳，因資訊壓力失眠，經常午夜獨自解讀訊息與新聞，其餘時間亦陷入思慮重重。可能因此心神恍惚，遇上意外。」

林進勇聽後無語，心下許願絕不容舊仇新恨再害善良之人。

莫雅琳亦加入調查，她於張巧兒的社交帳戶發現多次「真假求證」相關動態。她更找到一則錄音——張巧兒聲音困倦而虛弱：「這個世界真的有出口嗎？我們是不是也只是某種數值？還是說，連溫柔都成為了陷阱？」

這聲音，融化眾人悲憫。隨著日暮沉沉，除了同理呼籲，更添幾多對「資訊過度化」社會的警惕。

辦公室開始有人懷疑張巧兒的病情與近期 W 程式訊息異常有關。

資訊安全部發表公告：數日前公司用戶流量異常，經查是一個匿名團隊「迷霧小組」所為。據悉該小組植入多層 AI 手稿，偽造好友訊息、改編內容、混合真假資訊密集投放，專門試探受眾心理極限及崩潰點。

甚至查明，張巧兒的帳號屬首批「種子帳號」，此帳號仍然活躍。即是說，她昏迷前應該仍然是計劃的參與者之一。

在會議室內，六人仍在努力找尋教授在背後興風作浪的證據。陳美瑜和楊心瑤翻查大學公開的校友名冊發現，「迷霧小組」正

是李教授舊日培訓心腹所組織。該團體章程強調：「學術探索無設限，觀察群體心理邊界與演化，技術手段可踰倫理界限。」

林進勇得知真相，情緒激動：「難道這麼多年來，巧兒始終未能脫離教授陰影，反而越陷越深？」

任超搖頭道：「不！教授明知她極度反感，卻仍以追查『真理』為名，將她徹底推向風口浪尖。」

施樂晴奇道：「既然反感，巧兒為何不撒手不理呢？」

任超道：「人的性格影響行為，教授對於控制人的行為這個領域，絕對是專家中的專家。W+ 把輝騰國際弄得雞犬不寧，以巧兒的聰明和對教授的了解，一看就應該看得出是教授在背後搞鬼。」

莫雅琳說道：「即是說，教授無論如何都要把她捲進來。」

林進勇切身感受到科技對人性極致操控的冰冷和殘酷——這已不僅是工程師與教授之爭，更是無數心靈在資訊浪潮下無聲隱忍的縮影。

傍晚，六人在醫院外長椅相聚，細語長談。

任超雙目微紅，語氣低沉：「我自小崇拜教授，以為衝破界限是進步指標。現在親歷巧兒之事，方知世間所謂進步，若需犧牲人心、踐踏人格，終歸誤入歧途。這些年布下如此多『種子帳號』，其實早有完整計劃，連辦公室的八卦瘋傳都只是程序一環……」

莫雅琳冷靜補充：「現在受害的遠不止巧兒，還有許多被 AI 集團標記的『沉默用戶』。一旦外在壓力突破臨界，他們便心理崩潰，喪失自信。最可怕是，公司高層內部知情卻選擇默許。這些『種子帳號』一旦引爆混亂與猜疑，整個社會將人心離散、誠信崩解。」

林進勇道：「我還是想不通，教授需要的，應該是巧兒過硬的電子技術。為何又會讓她受傷昏迷呢？小超，到底你還知道多少？巧兒已經落得如斯田地，你還要對我們有所隱瞞？」

任超搖搖頭道：「我有我的苦衷，某程度上，我是明白教授的。」

説罷就自己一個離開了。

夜色深沉，無力感瀰漫在每一吋空氣裡。他們終於明白，表面看似簡單的舊怨新仇，背後卻隱藏著整個資訊時代對人心底層的壓迫——一切都遠未結束。

林進勇在病房的窗外，遙望著安靜熟睡的張巧兒，心底默默祝願：「但願妳早日甦醒，願這個世界終有一盞明燈，庇護每一顆無辜的心靈。」窗外寒風細雪，夜色沉沉，他明白，這場人性與科技的博弈，才剛剛揭開序幕。

輸入中

TYPING

#36 失控的計劃

回到公司的會議室，林進勇下定決心，務必查明「迷霧小組」及 W+ 暗網的所有底細，揭發高層不作為與縱容之惡。莫雅琳確立資料加密管控，陳美瑜保存所有訊息證據，施樂晴在辦公室安撫人心，任超積極聯繫海外學長，楊心瑤則和林進勇統籌一切，試圖集結同道力量反制。

眾人同心協力，誓要為張巧兒，以及每一位受害者討回清白與正義。

夜色深沉，寒意瀰漫。樓宇之間斑駁燈火閃爍，映照著辦公室空無一人的落地玻璃。林進勇獨坐於座位前，顯影器仍然銀白閃動，未讀郵件已積壓數百封，但他的雙眼卻緊閉不動，似在等待甚麼決定性的時刻。自查探 W+ 黑幕與張巧兒之謎後，他心靈蒙上更沉重的陰影；而內心隱隱渴望的那一場面對面對質，如今終於臨近。

任超是他舊日同窗、同事、知己亦是競敵。近月來二人頻繁合作，暗中調查 W+，共享危機與恐懼，但許多謎題卻始終未能徹解。他行事日益低調，對所有技術疑點多有隱瞞，對李冠軒教授

的事更避而不談。

這一切，在張巧兒之事爆發、「迷霧小組」暗線曝光後，終須有說法。

林進勇決定主動約見任超，於公司附近一間小酒館私下會面。這夜酒館人稀燈暗，氣氛凝重而神秘。二人對坐，久久無言。任超目光閃爍，神情複雜，而林進勇卻一改以往圓滑，語氣堅決：「我知，今晚你必須講清楚一切。你若再沉默，我亦會自行追查到底。」

任超沉默片刻，終於緩緩開口：「既然已走到這一步，不如，讓我將所有真相全盤托出。

我名義上只是公司一名普通工程師，與你同窗，與楊心瑤及施樂晴友好相處，外人只當我是按部就班的職場新人。其實，我真正的身分，是 W+ 系統開發小組的內應，是曾協助該程式技術維護，更在其暴走後極力想破壞其根基的人。」

林進勇色變，低聲問道：「你是 W+ 的核心開發者之一？」

「不錯，但情勢遠比你想像複雜。」任超目光沉靜，緩緩回憶往事，「大學時，我是李冠軒教授精選的少數種子學生之一，參加了他的『迷霧小組』，原意為了深入人工智慧社會實驗，探索技術與倫理的邊界。那時，我心高氣傲，認定只要能力足夠，就能改變一切。不料，科技的洪流，遠遠衝破我們設想的道德閘門。」

他語帶自嘲：「教授本意是推動本地資訊技術走向國際，卻在無數外國資本與黑市力量侵入後失控。早期的 W+ 只為測試群體心理，但當功能逐漸強大，能深度挖掘人際網絡、操控輿論流向，甚至人為製造直接影響現實世界的事件時，我才驚覺它正逐步成為監控、操縱與毀滅信任的武器。」

林進勇聽至此，心緒複雜：「所以你選擇背叛教授，主動對抗？」

「可以這麼說。我曾經一度迷信技術的純粹價值，但見證多人因 W+ 而學業、事業、人生崩潰，尤其同輩之受害，有者抑鬱，有者險自毀，這才悔悟。教授視『實驗對象』如可被丟棄之變數，罔顧倫理底線。我無法再袖手旁觀。」

「那你為何後來又與他多次聯絡？」

「其中大有緣由。教授自知方案失控，不願全盤失勢，既拉攏我從中調和，又威脅以種種技術把柄與過往共犯資料。於公，彼此形同敵對；於私，卻彷如父子兄弟般剪不斷，理還亂。我的每一行編程、每一個安全漏洞，都有教授協力，也有自己主動設下的反擊伏兵。」

「你可知 W+ 被企業高層、外部組織利用的嚴重後果？」

任超黯然一笑：「何止企業高層——其實大部分本地知名服務、應用程式，以至政府部門，皆有部分架構引用了 W+ 的模組。表面是增強數據分析、提高運營效率，實際則變成『社交信用調控』。不少高層默許系統不斷收集員工私隱、預先拖網式構建心理檔案，達成大數據操控。有人知其禍，但因利益、職權、政治壓力，不僅不反對，更私下催谷讓其滲透到每一個角落。」

林進勇暗暗心驚，這正與他近日追查到的暗門缺口與疑點不謀而合。科技本為助人，最終卻被權力者當作馴化群眾的利器，這與前數個世紀權謀完全無異，只是手段更為隱秘致命。

「你怎麼以『技術破壞者』自居？」

「我之所以加入，是為了布下多道後門程式——於 W+ 內部設下可由特定暗號啟動的自毀指令，亦即 Kill Switch。每當系統被違規商業部署、社會控制試驗擴大時，我都盡力進行篩查，向第三方匿名通報漏洞，使外部技術人員得以破解。一方面延緩其擴散速度，另一方面設法留下一絲自救餘地。」

但他苦笑搖頭：「可惜，真正能繞過教授與黑市攻擊的分流極少。只要核心掌握在對方，最複雜的自毀機制都恐怕只是一層薄霧。大多時候，我所布下的小把戲只做到『破壞之一隅』，無法從根本阻止洪流。有時甚至懷疑，自己這點『善意』是否根本無力抗衡巨大惡意。」

林進勇久久無語。技術之舟一旦啟航，即無法歸岸。任超這一句「善意」，在浪潮前如繞指餘溫。

酒館氣氛靜謐，牆上時鐘指向十一時二十，杯中餘酒未盡，二人對話卻逐漸逼向真相邊界。

「你與教授恩怨，到底為何會走到水火不相容？」林進勇問道。

任超面色突沉，片刻後緩緩言道：「師生情誼深厚，我年青時

曾視教授如親人，甚至勝過父親。他傾盡心力傳授頂尖技術，又常以清談鼓勵我們勇闖人群禁區。可惜他亦極其強硬，凡事逢疑必須徹底實驗。尤其當初巧兒一事——他明知巧兒心思細膩，不容劇烈心理壓力，卻強行將其編入『迷霧小組』核心任務，逼她分析與處理反倫理八卦情境，導致她心理創傷日深。巧兒最終決裂，令教授顏面無存，嗣後大學資助連連被撤，國際聲譽亦一落千丈。教授對此一直怨懟於心。」

「你又為何沒有及時與巧兒一起反抗？」

任超苦笑：「我當時年輕，怕權勢，亦不忍拋棄對教授那片情誼。事後目睹身邊好友一一崩潰沉淪，才知自己既是受害者，更是共犯。自此之後，我唯一能做的，只是暗中搗毀教授的野心——於系統內布下漏洞，自保同時，也想以此彌補昔日過錯。」

林進勇深感痛心：「這正是科技與倫理間之不可調和——人情、理智、利益、善惡業力，糾纏扭結，最終一同墮落深淵。」

任超沉默良久，忽然自懷中取出一支加密隨身碟，道：「這裡存有我多年來潛伏於 W+ 開發團隊蒐集的關鍵技術文檔及匿名用戶投訴紀錄。部分文件記述教授與各組織之間暗中交易，以及外部黑市勢力竊用 W+ 架構植入 AI 與病毒認證。我原本打算若無法自救，則將此證據公開。」

林進勇十分震驚，悄然接下，慎重收好。

「那你如今是否仍與教授有直接聯繫？」

「早在數月前，他已遁跡海外，僅偶有匿名郵件來往。但我能判斷，那些訊息已多被第三方監控，教授身陷窘境，亦或早已自我放逐於暗網世界。」

「他會不會捲土重來？」

任超神色黯淡：「以教授個性，不甘平庸。你我只需預防其遺留的技術餘波，一有風吹草動，立即啟用 Kill Switch 自保。至於舊日情仇……大約無可解脫。我曾以為可以全身而退，現在明白，唯有披荊斬棘，肩負使命，方能還世間一點清明。」

林進勇凝望著任超，內心五味雜陳。師生情誼在技術操控、權力鬥爭、利益暗流與人道底線間折損裂解，留下的，只有數據冷冰與倫理蒼涼。

夜色更深，酒館門外微雨欲來。任超忽然問：「你可有後悔涉足此局？」

林進勇怔然，隨即微笑：「如果我們都選擇沉默，這世界不會因為少幾個『知道太多』的人而更安全。既然親歷其中，只能負起責任。你如此，我亦如此。」

話音剛落，莫雅琳訊息傳至：「資料備份已全數加密，內部已有異動。小心。」

任超點頭：「我們今後也許只剩微薄之力，但必須團結一心。這場戰爭，其實才剛開始。」

二人步出酒館，寒風吹起，世界分外清冷。他們彼此間再無昔日疏離，而是命運共同體者之同仇敵愾。車道遠方，燈影斜照，似有一條漫長崎嶇之路等待前行。背後，是未竟之謎，是道德與科技互搏的人世洪荒；前方，是敢於抗爭的微光與希望。

那一刻，林進勇終於明白，真正的勇氣，正是敢於面對自己與歷史、倫理與黑暗，無論結果如何，絕不讓惡意的漩渦無限擴大。

任超走在前頭，林進勇緩緩跟上。在這城市的冷夜裡，他們的腳步堅定而長遠。一場新的抗爭，正在展開。

#37 全球危機浮現

林進勇徹夜未眠，臥於清晨尚未回暖的床榻上，倚枕默想。

前一夜自酒館歸來，他帶著任超交予的加密隨身碟，腦內反覆翻攪著 W+ 潛伏的驚天真相與任超難以言述的「負罪使命」。沉沉夜半，他終於在螢光閃爍中讀完碟內全部資料。那深藏於代碼、算法、匿名用戶反饋內的，是一個超乎現實想像的預警——W+ 既非單一應用軟件，也非區域性人性實驗，而是連接全球多國情報、商業與社會操作網絡的「人性解碼器」。

清晨六時，林進勇獨自一人步出舊區住宅，沿著電車的車軌慢慢步行回公司。

他在細雨與車聲間踟躕良久，下意識地撫摸盛放加密碟的內袋，彷彿那不是一件電子原件，而是一團尚未爆發的地雷。他嗅到前所未有的危險與責任，也發現，與自己相連的人們——楊心瑤、施樂晴、陳美瑜、莫雅琳、張巧兒、任超、整個辦公室、無數手執手機、信任科技的「凡人」——都徘徊在一個看不見底的深淵邊緣。

上午九時，他如常步入辦公室。大堂電子屏幕閃現著「全球AI與社交網絡峰會」新聞，幾個外國記者正邊行邊講。會議桌旁，同事們小聲討論著近期盛傳的大型社交網路故障：歐美數個平台同日被黑、資訊錯誤交叉發送、謠言與恐懼瞬時爆發蔓延。林進勇意識到，這不只是個案，而是連鎖危機的開端。

臨近中午，林進勇帶齊筆記和碟件，與包括任超在內的眾人於會議室密商。

任超帶著沉重黑眸，默默點開數據分析圖表。螢幕閃爍間，顯現散布於全球五大洲的數據通道，節點標記著不同國家——意大利、德國、俄羅斯、美國、日本、印度、東南亞地區及非洲，作為初步接入點。

「你們望見這些不能不恐懼。」任超語氣低沉，「W+ 表面流於本地八卦與社會操控，實則核心模組早已被多國資本、情報部門與地下組織擷取改用。背後有國際天網級組織以人工智能群控與社會群情測試，逐步介入區塊鏈數據、銀行徵信、醫療保險，甚至政黨協議。」

莫雅琳顫聲問：「即是一旦暴走，全世界都會『變形』?」

「不單如此。」任超打開另一份加密檔案，裡面記錄全球數十個怒潮事件的發生鏈：「這些地區原本社會穩定，但一遇到 W+ 類模組自動推播、輿情錯誤融合，當地數百萬人即時陷入虛實莫辨的『是非地獄』。巴黎出現過青年集體出走、芝加哥有婚姻信任系統全毀、印度某邦一夜數百條自殺熱線爆滿。這不是單純流言、電腦病毒，而是擁有自主學習與主動尋找裂痕能力的人性操縱引擎。」

林進勇呆然，心頭一片抽離之感。今日所有熟悉的辦公室小道消息、朋友圈流言蜚語、匿名舉報、互信撕裂劇情，只是全球「社會測試版」的冰山一角。若此程序全面開放，以同樣邏輯高速擴展，全球社會原有的信任底線、倫理機制、秩序核心，皆將在短時空內瞬間崩塌。

「這一點，教授早已警告過我們。」任超冷然，「W+ 既不是單純惡意，也不帶意識型態。它是一面極端精準的『人性照妖鏡』——能增益行業效率，也能於一瞬將所有潛在惡念、猜疑與分裂無限放大。你以為自己掌控工具，實則已然為工具所控。」

時至中午，公司突響警報，全球資訊平台再現極端私人資訊公開熱潮：「歐美多國資訊安全中心緊急通告，疑似新一代社群訊息病毒蔓延，某些國際社交新聞頭條出現大規模身份篡改與道德審判機制錯亂，數百萬用戶數小時內封鎖起來、互相泣訴自證清白，多國學校、軍警已接獲首波維穩通知。」

施樂晴叫道：「太可怕了！」

莫雅琳回首望向林進勇，「時間無多。我們還有多少逆轉機會？假如任由 W+ 核心算法全線開放，比起黑客或國際組織，最危險的其實是人類自己。」

她說得沒錯。任超沉痛解釋：「你以為科技只會播撒便利？若人性之惡受壓力度瞬褪，操控變換成散播、惡意相助自動演算法繁殖，天下皆可為敵人。假如讓所有秘密、隱私、憎恨無篩選流竄——合作消亡，信任破產，法治失效，秩序僵化崩毀，全世界同時成為災難試驗場。」

林進勇腦內一陣暈眩。

眼下之危機已非某城某人之事，而是一種像時疫般無孔不入、席捲全人類敏感點的洪水——資訊技術的病毒性繁殖，攜帶著解析、放大、毀滅的力量。以往的謠言，尚靠人類良知妥善消化；

現今則由算法決定推送何種惡念至何人耳中，影射每個人的隱秘恐懼。

「以 W+ 層級的演算法自學與社會適應能力，若令其全球運作，無異於在世界每個社會角落同時放置定時炸彈。」

午後，眾人默然，各自思索。他們明白自己所處的，不僅僅是一座辦公室、一座城市，而是一個早已被數位極權滲透的「新型世界」。科技巨頭們，早就利用大數據控制住全球的經濟、政治、媒體，讓人民淪為奴隸。

現在教授更要無孔不入地操弄著每一個人的私隱，讓奴隸們自相殘殺。

幾人分頭行動——陳美瑜和施樂晴集合本地幾個資訊義工小組，企圖抵抗局部程式洩漏造成的恐慌；任超和莫雅琳秘密呼籲海外舊同學，假如 W+ 真有全球級暴走，務必預備各地監控系統「緊急插入」；林進勇和楊心瑤則帶齊資料致電記者圈，尋求可靠媒體揭露危機。

林進勇明知這些或許杯水車薪，但現時已別無選擇。他眼前浮現各地社會危機的畫面：高層官員徹夜不眠、金融界訊息流動失序、小國政黨領袖親自押送敏感人士避走、數據黑市價格暴跌暴漲。

正當他透過網絡即時監察全球局勢時，一條新消息跳入視窗——

【亞洲某大國部分城市發生大面積社交軟件嚴重崩潰，親屬彼此爭執，父母與子女決裂，名譽連根撕毀；多家學校自動停課，多人網絡自盡。】

林進勇心神大亂，疾呼楊心瑤：「不可以再拖！必須馬上發警示文，讓外界明白：這不是單一數據外洩事件，而是一場可摧毀所有信任秩序的全球浩劫。W+ 核心，只許專業封鎖，不可再有灰色交易或政治利益調配。」

楊心瑤已在行動，聯絡本地報章、資訊安全論壇和國際獨立觀察者，懇請他們以最快速度公開揭示 W+ 全貌及其「人性爆破機制」。她冷靜地說：「唯一解方是全球技術盟約，共同立法，將社會型 AI 群控納入最嚴安全協定，不容任何利益主體暗中審查與使用。」

一名資深記者回信：「如你等預警屬實，這技術並非武器規模，而是足以毀掉所有文化契約、經濟信用與政府合法性的『終極人禍』。人性不能獨力承載此種暴露與腐蝕。」

林進勇冷靜下來，聯絡曾任資訊安全部總監的舊識，將加密碟內核心證據分批發送，各國專家同步驗證消息真偽、開始國際預警協作。他們知曉，止損時機一旦流逝，將永無回頭機會。

下班時分，原本熱鬧的辦公區異常肅殺。網絡社交通訊默然止息，人人危疑恐懼，猶如漫無目的的靈魂。林進勇望向高空，窗外一層層玻璃帷幕背後，彷彿折射著上百萬人將信將疑、心理徬徨的影子。他忽然深感，人類社會全部誓言與規範，原是如履薄冰——只消一丁點人性之惡、八卦流言、殘酷算法加持，便無立錐之地。

他反覆盤問自己：「假如人性最醜惡的部分，在這樣的全球網絡裡一一被撕開暴曬，還剩下甚麼？」

而唯一的答案，仍是倫理底線與法律介入——不然便是萬劫不復。

夜深，眾人再度聚首。任超帶來最新消息：「教授那邊連發兩封加密郵件。他承認早年設計本意是警世，現在卻低估了世界的複雜與貪婪，警告我們：國際間已有地下組織試圖散布『完全公開版本』。如果他們得逞，所有權力者、市井百姓、同行、敵人，各自都能拿這部『照妖鏡』互相傷害，那就不再有秩序可言。」

莫雅琳一臉冷峻：「那豈非災劫？權謀者控制民眾，民眾亦群起控訴舊權威，社會陷螺旋失控，所有良知一夕崩壞。」

施樂晴依舊帶點天真地說道：「破壞人與人之間信任，不可原諒。我們一定要制止這件事！」

任超頷首：「W+ 全面公開，便是徹底的虛實融合之亂流——虛假與真實不分，信任消逝，所有制度化社會皆如廢墟。」

陳美瑜說道：「所謂有危才有機，這次或許是人類重新審視一下科技帶來的方便，是否需要一點制衡的時機。」

林進勇內心深處湧現前所未有的使命感：「今天的我們不可再猶疑。這不僅是技術報復或倫理抉擇，是一切文明最後的堤壩。」

楊心瑤看著眾人堅定的眼神，也點頭道：「我相信，我們一定可以！」

午夜，全球多國新聞傳來緊急警報──「社交軟體異常疲勞測試，導致部分地區資訊與假新聞交纏，社會動盪升級，經濟體系出現流動危機警示。」

眾人奮力將證據上報技術同盟、國際輿論組織。任超遠端啟動部分自毀機制，阻截數據外流。林進勇則向國內外政要警告，推動立法延緩類似系統再度上線。

在這一夜，他們熬到天明。看著全球資訊即時地圖紅點閃現、危險訊號連綿不絕，林進勇忽然彷彿看見一個懸於虛空的時代裂口──

那是一場智能時代的人性災變，亦是所有人必須選擇自我救贖還是徹底沉淪的最後關頭。

#38 報復同時拯救

凌晨微雨未歇，街燈如豆，映照都市深夜無聲的焦慮。

辦公室早已人去樓空，只餘林進勇與任超兩人並肩而坐。顯示屏上，全球警報時鐘閃爍，輪番提醒著社交危機數據的激增與輿論混亂的蔓延。林進勇飲盡一杯冷咖啡，腦海中卻更為清醒。他意識到，就在這人性遽變、倫理冰封的夜晚，命運讓他們直面最幽微深刻的關係抉擇——友情、正義、慾望，與積蓄已久的復仇渴望交纏難分。

任超疲憊而矛盾地凝望著窗外黑夜。自與林進勇和四大女神並肩抗擊 W+ 危機，幾人時而如兄妹、時而如同袍、時而若敵手。如今真相已揭，每個人的背後，都藏著複雜過往和斷續的隱痛。

曾經的愛人張巧兒昏迷未醒，W+ 危機如滔天巨浪洶湧來襲，而更深的暗流，是悄然網羅眾生情感的仇恨與情慾。

任超開口：「我們都以為，這只是資訊戰與技術鬥爭，但如今我卻發現，是我們自己個人恩怨，催生了一切。」

林進勇默然片刻，回望好友。他明白，任超的話，帶著自責、憤恨與難以釋懷的歉疚。

次日清晨，眾人再次會合於臨時危機應變室。牆面上投映著 W+ 資訊熱度地圖和事件關聯網絡。

陳美瑜指著新出現的數據暴點，柔聲道：「昨日歐亞金融市場驟跌，全球首例大型社交平台即時癱瘓，高峰時段網絡上流言蜚語推波助瀾。英美德加多國出現被入侵跡象，證明 W+ 已逼近『臨界點』；只要任何一國的執政者受制於人，全局或將失控。」

「這不是技術是非這麼簡單了。」林進勇低聲說，「我們只要有一人判斷錯誤，就會萬劫不復。」

危機越近，個體抉擇的重量便越大。

林進勇自問從來都不是個勇敢的人，過往曾選擇退讓、淡漠旁觀甚至自保逃避；即便如今為正義奔走，心底亦潛伏着對名譽、愛與慾望的執念。他是否真能純粹為正義而戰，如今再無退路？

忽然想到天上的父親，給自己改「進勇」這個名字，就是要自己向前走，不畏懼不退縮，做個勇敢的人。

午餐時間，林進勇於窗前獨坐。市聲喧囂，內心卻彷彿墜入一個封閉無聲的世界。他腦裡回顧往昔與任超之情誼，也回首這幾個月來沉淪於偷窺別人的私隱而難以自拔，想到教授為了一己私欲，害了這麼多無辜的人。

自己為的是公義，還是私仇呢？

情感與復仇，到底哪個先行？內心那微妙的妒忌、抑或對權威的憤怒，是否早已悄悄推動自己完成了選擇？

#39 結果都是一樣

凌晨的城市，靜謐而深不可測。星光疲憊地投向輝騰金融總部那座冷峻的大樓，在玻璃幕牆上映出一個模糊而高大的身影。任超獨自一人，徘徊於公司頂樓天台。他的身影剛毅而疲憊，鬢髮間已滲出白霜，在這個格外漫長的夜裡，他像是一頭孤狼，在道德與命運的荒原上踽踽而行。

此刻，他手心緊握那台破舊錄音筆。這枚錄音筆正是昔日恩師、現為科技巨頭幕後黑手的李教授所托。這名恩師，亦師亦友，卻在這場資訊戰爭中成為推波助瀾的操縱者，其野心令人毛骨悚然。

追索到這一步，任超不得不重新審視自己：數年來信奉的技術信仰、對倫理底線的駭然、對個人前路的迷茫，纏繞成一股無法分辨的混亂。他已目睹 W+ 系統情報失控所帶來的災厄，見證昔日夥伴的撕裂、愛人的沉睡與自省，還有整個集體信任的轟然瓦解。身處這一切的漩渦，他終於要下最後的抉擇。

此刻，手機震動，一道訊息閃現。林進勇約他午夜會面，言簡意賅，只一句：「若願與我同行，便來天台一敘。」

夜風獵獵，任超推開鐵門，見到林進勇已俯身眺望遠方。

二人並立，皆沉默良久。下方的城市燈火閃爍，彷彿點點人心在時代洪流裡搖晃，每一盞都迷失於黑暗與危機的縫隙。

林進勇緩緩開口：「你可知，明日公司高層將釋出新的聲明，打算將李教授的計劃——也就是資訊壟斷和全民數據操控，推上合法化軌道。」他語氣低沉，「若無人阻止，他將手握萬戶隱私，以演算法主導一切，毀滅所有人的選擇權。」

任超目光微動，握緊錄音筆。他遲疑片刻，終於將那困擾已久的思緒開誠布公：「教授的野心我早有所聞。這枚錄音筆，是他離開香港前給我的，聲稱可作『最後籌碼』。原以為，我可以藉此全身而退、功成身退；甚至有那麼一瞬，我曾遲疑是否該藉助這道權力的背影，飛黃騰達。可眼見這公司、這眾人陷入群體撕裂，我終於明白：我們若甘當推手，將人心犧牲給技術幻象，自己也終成籠中獸。」

林進勇凝視他，點頭道：「你終究與我選擇同一條路。但我須提醒你，我保守的，只是眼下的秩序；你，卻是要與過去訣別，還是要與自己和解？」

任超仰望夜空，一滴未墜的淚閃於眼角：「我曾以為是實力與野心定人生高下；可世間若只剩強權與操控，還有誰配信任？教授之道，究竟是人性深處的誘惑，還是技術發展必經的謬誤？我無力回應卻更不想成為新一代的助推者。」

當初李教授創建 W+ 核心系統時，曾以「技術中立」為名，倡議消滅社交虛偽、打造數據平等。任超那時年紀輕輕，以程序天賦受教授賞識，成為少數幾位參與黑箱演算法優化的主軸。

那是一種充滿理想的時光，技術人熱衷於代碼簡潔、算法嚴謹，以及程式驅動的人性之光。

然而，這股理想很快被現實擊碎。演算法不再服務於真理與公平，而是成為操控情感、引導輿論、壟斷數據的權力工具。教授從不掩飾自己的鋒利，甚至以卓越的教導能力使眾多門生成為其計劃的推手。每當任超質疑倫理風險，教授只冷笑應答「先贏下來，再議規則」。

現今身處撕裂現場，任超終於明白：倫理的犧牲從來都不會暫時，技術的原罪每次都將回頭懲罰創造者。

這一刻，他終於明白，不只是技術要負責，人本身也必須選擇、承擔。自己本可置身事外、功成名就，而今願放棄這一切，親手終結那條不歸路。

「你可曾對我心存怨恨？」任超的聲音低低浮起。

正要離開的林進勇停步，凝望著這個自己多年的知己。良久，他點頭曰：「曾經有。當初出現分岐，巧兒受創時，你選擇迴避，我卻比誰都想見你能挺身而出……直至我自己也一再退縮，不敢站在她那一邊。」

「所以你認為我們都負有罪，對嗎？」

「是。技術與社會之惡，永遠來自我們這些沉默的合作者。」

任超臉上閃過痛苦和釋然的交織：「你比我坦率。坦率到令我羞恥。你有沒有發現，一切最終演化到今天的危機，都與我們這些埋藏的情感和復仇慾望有關？我從未真正放下教授。他的折辱、他的逼壓、他的辜負……讓我一次又一次想證明自己只需依靠敵意與反擊。」

「你要報復他嗎？」林進勇低聲問。

任超遲疑片刻，道：「我既要報復，也想拯救。教授曾是我的精神父親。若非他把我的天分推向極致，我也不會墮落於成魔與救贖之間……今日一切，都是情感造就的危機。」

「那我們是真正為正義，還是為心頭的痛恨才走到這裡？」

天台夜風更急，燈火下的城市像是一場躁動的洪流。任超與林進勇肩並肩，猶如洪流中的兩艘小舟。後者提議，攜手公開教授的錄音與操控計劃，將業界核心漏洞與倫理隱憂悉數揭露，同時向行政機構遞交證據，敦促公司中止技術濫權。他目光堅毅，語調沉厚：「為所愛之人、所信之義，也為了尚存於群體底的那點人性尊嚴。」

任超卻沉默許久，緩緩道：「你知我答應此舉，非全然為集體，也非純粹公益正義。」

林進勇不語，只以眼神催促。

任超語氣低沉，一字一句：「教授昔年曾救我一命，於技術生涯贈予我幾近所有。但同時，他也掌控我一生軌跡與選擇，比親父更令我敬畏。我願推翻他的帝國，不只是因職業良心，更為了割裂那條師徒鏈條，令自己得以真正脫離過去主宰。這不是純粹的慷慨救世，也是一種為自我救贖、為個人尊嚴賭上的抗爭。」

林進勇頷首：「你的動機，我全明白。你捍衛的或許是自己所有，也包括向未來自證不負人心。」

任超側頭苦笑：「進勇，你倚仗的群體底線和信任修補，是一種理想；而我，只是拒絕再受控於任何人，不再當科技的傀儡。」

漫長沉默彌漫天台。二人無需更多言語，心中各自的動機雖有差距，卻在更高的價值層面得以交集——一方為集體復興，一方為自我贖罪。他們都清楚，這是出於不同傷痕的同一份覺醒。

#40 兵行險著

第二天一早，楊心瑤帶來一則內線警告：W+ 的殘餘模組被地下集團發現，少部分核心代碼即將流入黑市，並有國外勢力伺機將其「武器化」。國際知名企業與本地行政中樞皆列入目標，全球局勢，岌岌可危。

「只要再有微小誤判，連最基本社會信任與道德規範都會一夜間支離破碎！」楊心瑤語帶顫抖，「任超，你要怎麼處理與教授之間的舊怨？我們該選自保還是公開一切？進勇，你敢冒全行業的敵意站出來嗎？」

林進勇深吸一口氣。平日慣於妥協的他，在這一刻感到從未有過的責任沉重。他知道，每一個選擇都有代價：若與任超共守技術漏洞，或得一時平安，但一旦暴露將被全社會抨擊為「合謀者」；若順應楊心瑤鼓勵，公開一切，可揭穿權貴陰謀與軟件之惡，卻會葬送自身前途，甚至連累家人、同事乃至整個社會陷入更大恐怖。

更深的是內心複雜的私慾——若能藉此擁有楊心瑤獨一無二的信賴，或是令自己在危難時刻做「英雄」，他其實並非全無遐想與野望。

那一夜，林進勇回到狹小的房間。窗外細雨依舊，一道閃電驚醒夜空。他浮想聯翩，一幕幕過往情節浮現腦海：高樓茶水間的悄聲交談，巧兒的溫柔和絕望、任超的自信與頹喪、教授壓力下隱約的恐懼和絕情、自己自卑與渴求認可交雜，私人情感、正義大義、報復與妒忌，終於在此刻交疊成鋼索般無處不在的壓力。

他反覆告誡自己：必須割斷情感的枷鎖，只看問題的本質。然而，作為一個普通人，他怎麼可能與所有慾望、羈絆與過往恩怨決裂？

電腦傳來海外同行回信：「我們能穩住的，只是部分核心伺服器。剩下即使公諸於世，也難確保社會不陷恐慌與報復循環。請自行斟酌後果。」

任超目光堅決而憔悴，悽然望向林進勇。二人相對凝視，都從彼此眼神中讀出決斷。

「我們必須暫時壓住核心漏洞，爭取專業技術團隊協助，不可直接公諸於世。」任超說，「否則全球恐慌一旦引爆，後果難以挽

回。我要親自與教授最後對話——不是求和，而是讓他必須面對自己的惡果。」

林進勇靜默良久，道：「我支持你。如果教授有一絲良知，他會知道你一直都沒有出賣他，雖然你曾經憎恨過他。我們不是純粹英雄，也不是冷血復仇者，而是平凡人困在善惡與私慾之間。這份軟弱，就是人性的全部。」

任超點頭，淚光閃現。

臨別前，任超低聲一問：「你會選哪一邊？情感、正義，還是慾望？」

林進勇寂然搖頭：「或許我和你一樣，永遠無法選擇，永遠只能在痛苦糾結中，一邊前行，一邊贖罪。」

任超當天下午遠赴國際機場，準備與失聯已久的李冠軒教授終極對談。

他發誓，無論對方悔悟與否，自己都將扛起化解災厄的最後責任。他明白，自己既是背負深仇舊憾的弟子，也是為天下蒼生而戰的抗爭者。

林進勇回眸凝視遠方。他清楚知道，個人情感、報復衝動、捨不得的羈絆，其實從未與正義分野清楚。他的一切糾結，正是全球無數人在災難臨界點前的縮影。

社會因愛與恨而生，亦受其毀滅。突破情感、慾望與復仇，他們才能真正重建人類信任的秩序。

夜深，林進勇在無眠之中，思索著過去與未來，矛盾與希望同時滋長。他下定決心，不論未來結果如何，都將與身邊的人共同面對，自我審判、自我赦免、自我救贖。

窗外的新日終將到來。那道關於人性與未來的三岔路口，已拉開序幕。

#41 現實虛擬決戰

風聲將傍晚都市的寂靜撕開。林進勇立於高樓一隅，俯瞰萬家燈火。霓虹閃爍下，人流車影有序而無聲，像極一場精密運算後的虛擬世界。然而，在這片看似安然的落地窗外，人心如寒流般幽冷，危機卻在急湧。W+的幽靈正以迅雷不及掩耳的速度騰挪、變形、穿越疆界，又以無形之手撕裂現實與虛擬之間的薄牆。

自從親手按下那場危機的警示，林進勇的世界已徹底顛覆。他目睹了職場友情四分五裂、同事精神幾近崩潰，網絡上一波又一波的輿論風暴將眾人裹挾，無人能倖免。張巧兒依舊沉睡不醒，任超踏上與命運和舊師父對決的征途；而莫雅琳與三位同伴在風暴後剛剛拾回一絲友誼的碎片。

林進勇的內心，被現實與虛擬撕裂的劇痛劃成千瘡百孔。科技原是他信仰的燈塔，而 W+ 則成了光芒背後無法抵擋的黑暗。他開始質疑：一切數據、演算法、社交平台，果真只是既定的工具？如果虛擬構築的秩序比現實還堅不可摧，那作為推動者的自己，究竟是建設者，還是摧毀者？

危機升級，現實裡的每一次衝突，往往先於網絡煽動。

這一天，林進勇親歷一場意想不到的現場混亂。他速報前往公司大廳解決用戶投訴時，見到兩位同事幾乎拳腳相向，只因彼此在 W+ 上的隱私誤傳、群組留言曲解，已將這段數年合作轉為不共戴天的仇敵。旁觀的同仁不敢勸解，每人都被未知的「下一個目標」恐懼壓得噤若寒蟬。

這段混亂始於一則虛假的 AI「是非推送」，內容精準捏合二人過往的失敗、情感隱痛及職場錯失，甚至添加了莫須有的道德指控。短短數小時，留言便蔓延全樓層——事主無從澄清，也無路可逃。即使真相昭然若揭，誤解早已深入骨髓。人們不再相信解釋，科技在這裡成了摧毀信賴的利刃。

林進勇目睹，卻無能為力。他終於明白，眼下這場災難，遠非個人糾紛那麼簡單。這是一場現實倫理與虛擬邏輯的最終決戰——而他本人，竟是這場戰爭不可推卸的參與者。

夜幕來臨，大廳鬧劇仍未息。林進勇看著十餘名同事搬離工位，有人臉色慘白，有人怒氣沖天；更多人自覺無辜，卻又隱隱懷疑身邊所有人都是「告密者」。群組內，一條條自證清白與憤慨警告的訊息充斥螢幕，無形間將整個人際網絡捆綁為互相監控、互為靶子的冷酷監獄。

「我們為甚麼變成這樣？」一位同事顫聲追問，「曾幾何時，我們還能靠一杯咖啡、一句玩笑相互理解、化解誤會？現在連説話都要揣摩三分，生怕明天就是自己倒下的那個。」

林進勇無言以對。他突然意識到，W+ 所創造的不是便利，而是一個放大惡意與負面情緒的回音室。小小的訊息誤差，便能化作雪崩。他想到這幾日自己也曾被流言波及，僅憑匿名「線索」和剪接，他與莫雅琳的關係在八卦頁面被渲染成若即若離、曖昧不清的話題——連他這般自詡理性的技術人，也險些被無端謠言拖入情感與道德的懸崖。

深夜時分，林進勇拖著沉重身軀回到辦公室。靠窗的椅子上，楊心瑤坐著等他，臉色仍帶倦意。兩人相視無語，默默共享這座城市最孤獨的黑夜。

「我見證了你今日的掙扎。」楊心瑤柔聲道，「可你也須知，我們都在這場虛擬漩渦裡掙扎。你若倒下，便再無人能對抗這道洪流。」

林進勇低聲答：「我已分不清現實與虛擬，連自我也彷彿被切割、異化。到底我們能否從內心守住最後一道界線？」

楊心瑤凝望他，半晌方道：「也許唯一能做的，便是誠實地敞開自己。科技再強大，也敵不過真誠。你生而為人，永遠擁有選擇的自由。」

她輕輕握住林進勇的手：「我見你最近總問自己：我是推動者，還是毀滅者？但我願你知道，真正的推動者，不僅要為未來構築道路，也必須在黑暗時直面創傷與悔恨。這是你的救贖。」

寂靜流轉，兩人目光交會，一種不言而喻的理解和信任逐漸重建。哪怕現實已遍體鱗傷，這一刻他們都願意留在世界光影交錯的邊界，相互守望。

#42 數據是信仰

次晨，會議桌上聚集一眾技術骨幹與高層管理。話題繞不開「現實 VS 虛擬」的界線——W+ 危機已令公司名存實亡，若無徹底破局，組織、產業、整個社會都將陷入萬劫不復。

一位資深架構師語帶悲哀：「我們本想以科技建構一個透明公正的社會，誰料最終卻創造出極權八卦、冷漠互害的怪物。我們的底線在哪裡？」

另一主管嘆道：「不論法規如何加強，若人自身心防崩潰，軟件再安全也是空談。現實要靠真實聯結，科技不能取代人心。」

林進勇慢慢道，他聲音帶著一絲沙啞和堅決：「這世界並非因軟件變壞，而是所有人都在選擇用甚麼心態面對科技。若我們願意承認自己的陰暗、修補信任，虛擬空間亦可成為美好生活的沃土。否則它就是洪水猛獸，毀滅現實的一切。所以，壞的是人類本身。」

此言雖簡，卻攪動了議場沉重氣氛。管理層終於決定，將 W+ 主動下架所有涉及行為操控與八卦推算的模組，全面施行嚴格審查，並向全體開誠布公此一轉折。產品團隊亦著手設計「數據遺忘權」機制，承許用戶自主銷毀個人紀錄。這是科技與人心的和解，亦是追求現實公義最後一搏。

此後數日，輿論轉向。公司發表聲明，懇請社會理解技術風險與人性邊界，呼籲共同抵制網絡暴力，修補現實社交。部分用戶自發退出 W+，更多員工選擇重建失落關係，嘗試透過現實交流而非 AI 輔助解決誤會。管理層成立公益平台，協助飽受工具傷害者尋求療癒。

林進勇每日巡視工位，親自參與重組工程。他見到有人怯怯嘗試與往日宿敵共飲咖啡，有人在休息區主動說明誤會真相，也有人坦白過錯，誠懇致歉。冷漠與恐懼逐漸消解，真實的連結正悄悄拾回。

施樂晴問林進勇：「你的信仰還在嗎？」

他沉思答道：「我的信仰受過重創，但我仍願相信人可痛苦、可墮落，卻也必然擁有自省和重建的能力。科技就像照妖鏡，映出人性所有。關鍵是，我們是否捨得梳理自己的傷口，修補破碎的現實。」

風起雲湧的大廈樓頂，林進勇獨自望天。他明白，現實與虛擬的戰場仍在無聲延展。所有人都是自己心魔的鬥士，所有現實中溫柔的微光，都將是打破虛擬暴風的利器。他以一己之心照見萬千同類的倉皇，也終於學會相信：即使虛擬強大如神，但現實裡的勇敢、和解與愛，才是真正能重塑世界的火種。

——我們快撐不下去了，任超，你在哪裡？為甚麼還未有消息呢？

輸入中

TYPING

#43 道德標準

當晚，林進勇做了個很奇怪的夢。

夢中，沒有駕駛執照的他，駕駛著他剛用警槍搶來的電動車風馳電掣地駛在屯門高速公路。情勢危急，他完全克服了首次駕駛的恐懼，車越開越快，因為他清楚知道，剩下的時間已經不多了。

他的車開得飛快，但追在後面的兩輛紅色貨車卻越來越近。

「呲！呲！呲！」後面兩輛貨車迫近林進勇的電動車，還一邊不停響咹，加強壓力。

快快快！

林進勇看一看坐在副駕受傷昏迷的張巧兒，咬一咬牙，把油門踩到最底，車子全速在公路上零星的車輛間左穿右插。總算有驚無險，沒有發生甚麼意外，他不能被後面的人追到。

終於，在駛離高速公路前，慢慢熟習了控制電動車的林進勇

暫時撇下了後方的追兵。

跟隨著智能電話上顯示的導航路線，他駛到了屯門郊外的一個偏僻的貨倉，總算準時來到了約定地點。把電動車隨意地泊在貨倉門外的一片空地，關掉引擎後，人車皆沒入黑暗之中，讓神經繃緊的他有點安全感，可以稍為放鬆下來。

林進勇深吸一口氣，用力拍拍自己兩邊臉頰，望望躺在副駕、還是昏迷未醒的張巧兒，輕聲說了句：「等等我，很快回來。」

他輕輕地打開車門下車，生怕弄出半點聲音，站到倉庫的門外，毫不猶豫就拉開了那道大鐵門。

倉庫裡面也是漆黑一片，借點月色，依稀看到一些殘舊的汽車零件散落在各處，應該是個荒廢了很久的貨倉。林進勇無暇多想，他步入貨倉，馬上轉身關上倉門。

身處伸手不見五指的黑暗環境，林進勇拿出手機，按了一下，刺眼的光線讓他又重見光明。

待眼睛適應了光線後，他走到貨倉的角落蹲了下來，按了幾下手機的螢幕，屏幕上顯示著 W 程式的對話框。W 程式是全球最受歡迎的即時聊天軟件，對話欄顯示的名字叫「李教授」。

WW － 林進勇：「李教授，你今晚會出現嗎？」

WW － 李教授：「你知道嗎？如果我不出現，很多人會因為 W 程式而死去。」

WW － 林進勇：「我知道！所以，你快告訴我，你的答案是甚麼？」

WW － 李教授：輸入中……

時間像靜止了一般，林進勇屏息靜氣地盯著手機屏幕所顯示出來的「輸入中……」，大氣都不敢喘一口。他回憶著這幾個月來發生的種種奇怪事情，越想越不對勁，所有事情，好像都指向任超，難道他已經被李教授說服了？

但林進勇始終不敢相信，這個素未謀面的李教授會把自己弄到如斯田地。

「叮叮！」對方終於回覆了。

WW － 李教授：「我來了！」

倉庫門隨即被打開了，一名衣著講究的年老學者步入貨倉，向林進勇微微一笑，有禮地説道：「林先生，你好！我就是李教授，幸會。」

林進勇吞一吞口水，直截了當地問道：「李教授，我已經來了，你到底要怎樣？」

李教授好整以暇地答道：「就跟之前跟你説的一樣，把 W+ 開放給所有人，讓每一個用家都可以獲得和你一樣的權限。」

林進勇説道：「我們果然沒有猜錯，你要公開 W 程式內的所有訊息，太不道德了吧！」

李教授冷笑一聲，問道：「道德？」

林進勇叫道：「對呀！道德就是規限住每個人的行為標準，否則就會天下大亂。」

李教授搖搖頭道：「每個人的道德標準都不同，有人覺得吃豬牛羊雞的肉已經很不道德，有人則認為吃人肉才不道德。你要我跟誰的道德標準呢？跟你的嗎？強迫其他人跟從你的道德標準這件事，你覺得又很道德嗎？」

見林進勇垂頭不語，李教授續道：「再説，這幾個月，你的所作所為又很符合你自己的道德標準嗎？」

林進勇仍然堅定地説道：「我不是任超，不會被你的奇怪理論説服的。」

李教授搖頭答道：「我説的不是奇怪理論，這些叫邏輯！每個人都有自己所相信的思考觀點，只要明白對方相信的是甚麼，就能讓對方做任何事。」

林進勇拿出手槍指向李教授，大聲叫道：「你的性命也在我手中，你沒有選擇！你只能聽我的話去做。」

李教授一點也不沒有恐懼，反而一臉可惜地搖搖頭説道：「我們的人都很了解你，你這種人不會殺人的，你下不了手的。再説，你以為人最重要的，就是生命嗎？我可以告訴你，決定執行這個計劃的時候，我早就置生死於度外。對我來説，這是比我的性命更重要的事。」

看著李教授視死如歸的神情，林進勇知道自己已經無法阻止人類即將面臨的厄運了。

「嘭！」林進勇向李教授開槍，中槍後的李教授卻變成了張巧兒的母親。

他立即從夢中驚醒過來，看到自己熟悉的小房間，才定神過來。

#44 任超的抉擇

轉了幾程飛機，任超終於來到了南美洲的一個偏僻的小鎮，風塵僕僕。

李教授的地址，是通過很多複雜的解碼分析和破解了多重反追蹤程式而調查出來的。他知道，如果不是他這個對教授知根知底的人，這個隱密的藏身地點是不可能被人查出來的。

世界紛亂，他知道只有找到教授本人，讓他去關掉 W+ 的所有伺服器，災難才能止息。他此行的目的，就是要說服教授。

出發前，他跟林進勇他們說得肯定，事實上，他一點把握都沒有。

一個可以把全界都弄得翻天覆地的狂人，會因為自己的三言兩語就放棄一個籌備經年的計劃嗎？「邏輯上是不可能的。」任超非常熟悉教授，他這個人表面上充滿矛盾，但其實只是別人不明白他看這個世界的角度。但任超倒是非常理解，因為他自己都是這樣的怪人。

記得李教授當年因為離婚，弄得焦頭爛額，校園內外都議論紛紛，他本人也幾乎教席不保。任超問他：「教授，你有後悔過結婚嗎？」

李教授搖頭道：「我不後悔結婚，只是後悔沒有好好經營這段婚姻。」

任超有點不解：「其實兩個相愛的人一起好好的，不結婚也可以好好經營兩人的關係，到真的不能再愛就分開，乾脆利落，為甚麼要結婚呢？反正去到最後，都不外乎是生離死別。」

李教授啞然失笑：「為甚麼要結婚？每個人的理由都不同。一個男人牽女人的手，可能是想跟她睡覺。但一個男人願意和一個女人結婚，就是想跟她過一輩子。對一個女人的認可程度，是完全不同等級的。」

李教授繼續道：「至於去到最後都是生離死別，的確是對的，但不等於去到最後之前的一切都毫無意義。五十億年後，太陽系都會膨脹成紅巨星，地球上所有生物都不復存在。難道你現在又甚麼都不做嗎？」

任超道：「我明白了，你以前說過，『過程高於結果』就是這個意思。不過，現在很多人都選擇不婚主義，把生活簡單化。」

李教授笑道：「有些男人會裝糊塗，說兩人的感情有沒有這張紙其實沒有分別。但誰都知道，婚姻遠遠不只一張結婚證書。正如沒有人會認為鈔票只是一張紙。有些男人是真的糊塗，他壓根兒就沒有為他愛的女人想過，不過女人都不糊塗，更多時只是不想勉強男人。」

任超問道：「這只是女人的想法？」

李教授答道：「當然，反之亦然，女人接受一個男人的求婚，也是對對方值得一生一世的認可。一個人，人生都沒有遇到過一個想跟自己過一輩子的人，絕對是一個遺憾。」

任超問道：「不顧一切去得到一個認可，值得嗎？」

李教授道：「值得，即使最後離婚收場。我們讀科學的，都很清楚，在茫茫宇宙，可以得到一副靈魂和肉體並存的自由生命體，那個機會率是有多低，而在這生存的幾十年生命中，能夠遇到個真心相愛的人，你是不會想讓對方帶著還未確定的愛情遺憾離開

這個世界的。」

看到任超似明非明的樣子，李教授歎了一口氣道：「你未明白，只是你未曾遇到一個你真心愛的人。」

當時，任超還不明白，但張巧兒昏迷之後，他完全理解教授的這一番教誨。

終於，他到了那個地址，南美小鎮一個殘舊的小實驗室。

任超毫不猶豫推開舊實驗室的大門。這間並不寬闊的所謂實驗室充斥舊機器、堆疊而發黃的資料文件和螢幕亮光。他在這個貨倉一般的實驗室左穿右插，在最深處看到一道半開的鐵門，發現門後坐著一抹熟悉的佝僂身影。灰色大衣下，李教授的背影沉默堅固，微光中宛如磐石。

「你終於來了。」李教授轉身，聲音沙啞，「我等你許久了。」

任超走進實驗室，錄音筆緊握掌心。他平靜道：「我還你舊情，也自此義絕恩斷。往昔你教我見識何謂技術的威能，如今我更明白人性應有界限。我會把你所有計劃，以及你借助我們年輕一輩實現『數據帝國』的證據俱數公開，而非如你所願。」

李教授神色未動，僅緩緩點頭：「老了才知道，種子已遠離泥土。可惜你還太年輕，不知世界未必善待理想主義者。」

任超垂目：「若現實不容善意，我也寧以忤逆為傲，勝於在你的鐵腕庇蔭下苟且偷生。」

師徒對望許久，一個跟李教授差不多年紀的女人從旁走了出來，向任超說：「這件事，其實我也是參與者，只是巧兒的事，是個意外。」

泰山崩於前而色不變的任超看到這個女人，驚訝得合不攏嘴，叫了一句：「張院長！」

#45 終極陰謀

這場災難來臨前夕，很多人都忽略了一個重要的人。張巧兒從小到大都被人認為是個天才，她的天分，很大程度來自她母親的基因，她出世的時候，就已經用母親的姓氏。

跟女兒一樣低調的張院長，全名張雪真，是科技大學理學院院長，學術聲譽與技術領導力曾與李教授齊名。若說李教授是 W+ 系統的原型設計及黑箱權力之執行者，張院長則始終是堅持更激進理念的靈魂推手。外界深知其冷峻、理性、果決的作風，卻鮮有發現她內心奔流的焦灼。

她將畢生所有心血都專注於學術研究，以數據與公開為信仰的終極計劃——認為唯有將資訊世界徹底透明化、讓所有人無所遁形的人性審判，方能驅散黑夜，拯救陷入絕望的靈魂，包括她自己。

突然在李冠軒教授的實驗室見到張巧兒的母親，任超百思不得其解，照計李教授把她的女兒害得昏迷入院，兩人應該是敵非友，如今卻看似站在同一陣線。

他向張院長問道：「妳說妳也是參與者？」

張院長平靜地說道：「我就是『迷霧小組』的首領，巧兒也是因為我才一直參與其中。」

集合了全港科技精英的「迷霧小組」領導人，竟然不是李冠軒教授，反而是張巧兒的母親張雪真院長！

任超不敢相信，抖震地問道：「為甚麼？」

張院長不答反問道：「讓全世界人都可以得知所有訊息，你覺得有甚麼問題呢？輸入了的訊息，就是殺人的利器，每個人都應該為自己做過的事負責。世間上存在的不公義，不都是因為真相被掩蓋嗎？如果我們公諸於世的訊息，全部都是真實的，錯在哪裡呢？」

任超一想，差點無言以對，仍答道：「每個人都應該有私隱權吧！他們輸入訊息時，都不預期會被所有人看到吧！」

這個時候，李教授也站了起來，緩緩答道：「如果某一天，真的發明了時光機，其他人又有權回去看看秦始皇怎樣焚書坑儒嗎？

荊軻刺秦王的時候，又有想過被後世的人看到嗎？」

任超第一次當面反駁李教授：「這些人物已經作古，就算所有人都知道也影響不了結果。但現在活生生的人們，如果訊息被公開後，可能會造成很多關係破裂，人與人之間的信任也會崩潰。」

李教授説道：「這些人如果真的那麼珍惜這些關係，又會在背後説那些話嗎？」

任超一想，也覺有理，但仍不放棄説道：「那麼道德呢？法律呢？這些都不用考慮嗎？」

李教授道：「道德觀，人人不同，根本沒有一致的準則；法律，也會隨時代變遷，沒有絕對的定案。即使處於相同時代，法律也會有不同的演繹，好像我們現正身處的這種南美國家，無法無天，軍政府隨意運用法律，是否執法，完全取決於利益。」

任超忽然明白，為何教授會躲在這種地方，為的就是這裡的「法律保障」。

張院長語重心長地説道：「小超，你是個可造之材，只是人生

經歷還略嫌不足。老實説，我跟李教授在你這個年紀時，思路肯定沒有你現在這麼清晰。但當你到了我們這樣的年紀，歷盡人間善惡，就會明白那些生離死別，不過如過眼雲煙。」

任超心念急轉，他知道自己現在不能被説服，繼續質疑道：「即使沒有不做這事的理由，你們苦心經營了幾十年，為的又是甚麼？你們費煞思量去引爆這麼一個會摧毀人類的炸彈，讓原本安居樂業的人受盡苦難，何不花時間去研究其他可以貢獻人類的領域呢？」

李教授道：「全世界有八十億人，每個人都不同，但很多人都相似。你如何定義自己，世界又如何定義你呢？定義你的方式，就是找出你和其他所有人的根本不同之處。」

張院長補充道：「事實上，世界上真正和其他人有根本分別的人不多。如果有一件事，有一個人相信，全世界人之中，只有他一個人做得到的話，這個人一定會去完成這件事。人生的意義，就是找到自己的獨一無二。」

李教授語氣堅定地道：「社會已經被資訊、訊息，荼毒得千瘡百孔。我們當科學家，畢生的志願，就是讓人類的生活變得更

美好。」

張院長柔聲道：「明天之後，我們可能會見盡人間災劫，也會被世人唾罵。但一百年後，五百年後，人類就會明白我們所做的事，有多偉大。」

李教授眼中露出熾熱的光芒說道：「活用滑輪結構和槓桿原理的阿基米德、用數學方程式解釋光學和力學的牛頓、讓所有生物同源的進化論學者達爾文，還有提出相對論和黑洞假設的愛因斯坦，之後就要加上我們拯救世人於資訊災難的李冠軒教授和張雪真院長！」

張院長接口道：「這個，就是我們的真正目的。」

任超終於知道，這兩個他一直很尊敬的前輩，為了甚麼要把這個世界弄得天翻地覆了。

#46 沒有發現的秘密

都市的繁華之上，雲層壓得格外低沉，一如籠罩於這個時代每一個人心頭的隱痛陰影。

輝騰金融的大樓表面如常，實則每層樓、每個部門都因為 W+ 這個程式而暗流洶湧。

會議室內，一直聯絡不上任超的林進勇和楊心瑤等人領悟大勢已去，面色皆凝重。眾人臉如死灰，思路全數斷裂。沒人再有隱私的時代即將降臨，沒人能置身事外，包括一切無辜者和昔日的加害人。

距離 W+ 的測試版本完成所有資料同步只餘下一天，這個日子是任超去找李教授之前查出來的。眾人圍坐在辦公室一角，一籌莫展，仰望搖搖欲墜的城市輪廓。

以林進勇的能力，根本不可能破解李教授團隊所寫的程式。

施樂晴怪叫一聲：「不行了，我受不了，我們報警，讓警察叔叔把李教授和『迷霧小組』都拘捕吧！」

楊心瑤搖頭道：「不可以的，報警的話，進勇也可能會被人發現他做過的事。」

林進勇說道：「沒關係，我個人的得失事小，阻止李教授的行動事大。再說，偷看大家的私人訊息，的確是我自己的過失。即使要接受任何制裁，我也是心甘情願的。」

陳美瑜答道：「沒有用的，小超早就說過，李教授已經離開香港，到了南美一個偏遠的小鎮。即使聯絡上國際刑警，一時三刻也未必能夠找到他。」

楊心瑤聽得不用報警，鬆了一口氣道：「這麼說，我們只能坐等小超的消息吧！」

莫雅琳這時發揮她剛強的本色，說道：「坐以待斃不是好的辦法，不如我們想想，如果我們真的不能阻止李教授把 W 程式的所有訊息全部公開，世界會發生甚麼事，我們現在可以做些甚麼去把傷害減到最低呢？」

各人思考了半晌，林進勇說道：「如果 W+ 的權限，完全開放給所有 W 程式的用戶，每一個人，都可以閱讀所有聯絡人的所有訊息，會做成甚麼後果呢？」

始終保持溫文的陳美瑜說道：「最簡單就是，如果我的親朋好友，在 W 程式跟別人說我的壞話，會被我看到。」

施樂晴眼珠一翻笑道：「正面一點，有人暗戀我，而又跟其他朋友說過，也會被我知道了。」

楊心瑤露出一個令人神魂顛倒的微笑答道：「但妳平時跟我們說過妳喜歡上誰，偷看了甚麼帥哥也會被公諸於世啊！」

略感尷尬的施樂晴吐一吐舌頭：「說得也是。」

莫雅琳正色道：「個人的日常言行、感情糾葛、私人秘密、黑歷史統統都會被公開；商業上的，那些競爭對手間的公司機密、銀行資料、司法文件、內幕交易也會被一覽無遺；政要間那些涉及受賄、黑箱作業、利益輸送，以至國家元首們的醜聞也會相繼被揭發。」

陳美瑜接口道：「到時，可以預期企業動蕩，政壇風暴，宗教崩潰，學術界蒙羞，家庭陷入信任危機，人人自危。愛情、財富、

社會地位、人生信念，在短短時間內如泡沫破滅。」

感受至深的林進勇歎一口氣道：「人與人之間，信任不再存在。」

「咚咚」的敲門聲，突然從會議室的大門傳來。

眾人提高警覺，林進勇向其他人打了個眼色才叫道：「是誰？」

「我是文迪，可以進來嗎？」門外傳來文迪的聲音。

林進勇去打開會議室的大門，見到門外文迪一臉凝重地倚在門邊，配上他的太陽眼鏡、一身橫練的肌肉和白背心，讓人感到來者不善。

施樂晴向他問道：「文迪，有甚麼事嗎？我們現在很忙，在拯救地球。」

文迪一臉肅殺之氣，走進會議室並把門關上，坐到其中一張椅子上，望向眾人說道：「我知道你們最近在忙甚麼。」

各人提高戒備，林進勇沉聲問道：「你知道？」

文迪緩緩説道：「W 程式已經不再安全，二十四小時之內，所有私人訊息都會被公開，是嗎？」

莫雅琳奇道：「文迪，你怎麼會知道？」

這時的文迪好像變了另一個人，跟平時頭腦簡單的傻氣形象大相逕庭。他沒有回答莫雅琳的問題，繼續説道：「不過就算這件事發生了，情況也未必有想像中那麼壞，至少進勇得到 W+ 的這幾個月，沒有引起甚麼災難，也沒有發現我的真正身份，好好迎接新的時代吧。」

施樂晴對他比較熟悉，聞言奇道：「你的真正身份？」

文迪點頭道：「我是香港警察，混入輝騰國際就是為了配合國際刑警調查關於『迷霧小組』於多國盜取機密資料的案件。」

眾人聽到這裡，大驚失色。施樂晴難以置信地叫道：「不是吧？」

文迪説道：「對，我一直在公司積極和各同事打好關係，為的也是得到所有相關的情報。」

林進勇半信半疑地説道：「怪不得你的訊息，總是到處巴結各級職員。」

施樂晴思量片刻説道：「那麼你多次向我打聽美瑜的喜好和背景，好像想追求她的姿態，也是出於對她的懷疑吧？」

文迪和陳美瑜聽得滿臉通紅，前者呑呑吐吐地叫道：「不，我不過是……了解一下……公司的運作……」

施樂晴又再學神探福爾摩斯，舉手指指陳美瑜，誇張地説道：「不用再狡辯了，真相只有一個，兇手就是小美瑜！快把李教授交出來！」

陳美瑜沒好氣地説道：「樂晴，別鬧了，時間緊迫，文迪這樣做，定有他的原因。」

林進勇點頭道：「對，執行工作時順便了解一下心儀的女神，本來就很正常。再説，妳這句對白是《名偵探柯南》的。」

陳美瑜的臉變得更紅，也更嬌艷欲滴。

原本變得很帥的文迪又打回原狀，變回那個四肢發達的傻男人。他尷尬地說道：「好，言歸正傳，『迷霧小組』於各地的行動已經引起各國政府和執法機構的注意。進勇開始使用 W+ 之前，已經被我們密切監視，目的就是找出在背後的李教授。只是，李教授在進勇下載 W+ 前一天，來過這幢大樓之後，就離開了香港，不知去向。」

林進勇這時才想起，下雨那一天，在大樓門外的一個奇怪老頭。

#47 任超的訊息

一時之間，會議室內各人對文迪的說話仍然難辨真偽，莫雅琳說道：「如果你說的是真的，那麼快點要求國際刑警那邊暫停了全球的 W 程式，讓李教授的計劃無法實行吧。」

文迪搖頭道：「不可行的，李教授的團隊早取得 W 程式的所有權限，現在連營運商本身都無法停止 W 程式的運作。再加上，W 程式的總數據庫已經被同步了超過百分之九十九。現在唯一阻止資料外洩的方法，就只有把李教授和他的團隊找出來。」

陳美瑜柔聲向林進勇問道：「進勇，小超有告訴過你李教授的位置嗎？你現在說出來，讓文迪去通知國際刑警，讓他們把李教授他們全數拘捕，大家就有救了。」

林進勇茫茫然搖頭道：「沒有，小超只告訴我他去南美找李教授，當時，他還不想背叛李教授，所以我不知道他到底在哪裡。」

莫雅琳問道：「小超還是支持李教授嗎？」

林進勇說道：「我不知道，只知道他對李教授很尊重，不會出

賣他。」

施樂晴也問道：「他真是一點消息也沒有透露？」

林進勇搖搖頭答道：「一點也沒有！他們這種人，做事都很謹慎的，字也很少打錯半個。」

文迪點頭道：「對，進勇沒有説謊，跟我們調查到的資訊吻合，情報組的報告説，任超去到巴西的一個機場之後，就不知所蹤。」

「叮咚！」就在大家茫無頭緒的時候，林進勇突如其來收到任超發來的訊息：

WW － 任超：「進勇…李教授沒有瘋，他比誰人都更清醒。參與者……還有巧兒的母親。在他們看來，唯有讓每個人都不再逃避自我，人類才有自癒的可能。」

WW － 林進勇：「小超，不要再說了，快告訴我你們的位置，災難快要來臨了。」

WW － 任超：「對不起，因為巧兒，我無法拒絕張院長，還有李教授一直以來的栽培之恩。」

WW － 林進勇：「不可以的，訊息公開後，肯定會世界大亂的。」

WW － 任超：「－世界本來已經很亂，只是你們活得太好，察覺不到吧！」

WW － 林進勇：「回來再談，你快告訴我，李教授身處的位置。」

WW － 任超：「我不會背叛他，你們快點做好準備，迎接新世界來臨。」

WW － 林進勇：「不要執迷不悟！」

但任超再沒有上線。

林進勇叫道：「原來張院長也參與其中？」他隨手把手機放在會議室的長枱上，讓大家閱覽他和任超間的訊息。

見眾人露出不明所以的眼神看著自己，他解釋道：「巧兒是小超大學時期的初戀情人，不過因為對李教授計劃的意見分歧，早就分開了。小超最初是支持計劃的，巧兒則是反對的，想不到她的母親張院長竟然也是參與者，她真堅強。」

莫雅琳說：「那麼，即是小超決定了站在李教授和張院長那邊，我們已經沒有棋了嗎？」

眾人都沒有答話，因為她說的的確是實情。

感性的楊心瑤見大家情緒低落，改變一下話題道：「想不到小超會為了意見不一而放棄一段感情，巧兒當時肯定很傷心。」

施樂晴答道：「男人都是這樣子的，特別是小超這種理性的人。」

聽到這裡，林進勇突然一拍長枱叫道：「等等，感情用事，一向不是小超的作風。他不會因為巧兒的母親和教授的恩情而改變思想的。」

陳美瑜不解地問道：「但是小超剛剛的訊息，不是已經很明白地表明他的選擇嗎？」

想通了的林進勇面露喜色道：「不，他肯定在李教授和張院長面前打這段訊息，所以才說他支持計劃。我要再看看他的訊息，一定有甚麼要通知我的。」

言罷，眾人都立即圍起來重看這段訊息。

時間越來越緊迫，突然又有點希望，大家都急得如熱鍋上的螞蟻。但看了半天，這段訊息無論橫看直看，都看不出半點字面以外的任何其他資訊。

文迪問道：「大家有看得出甚麼來嗎？」

各人都搖搖頭，施樂晴頹然道：「小超似乎真的已經重投李教授的懷抱了。」

林進勇堅定地說道：「我不會看錯小超的，他肯定不會背叛我們，只是我們還未能破解他留給我們的暗號。快點繼續看，他會用這個方法，是相信我們一定能夠破解的。」

見他仍不肯放棄，本來想提議大家先去吃飯的施樂晴也就閉嘴不語。一向細心的陳美瑜隨口說道：「怎樣看也解不出其他意思，只有第一句和第三句的標點符號用得有些奇怪。」

聽她這樣說，各人也發現到第一句「進勇」後那個「…」和「參與者」後的「……」不太像正常的用法。施樂晴說道：「原來小超不太懂標點符號的用法，第三句又打多了個『-』在前面，不是說他們這些人很謹慎嗎？」

林進勇道：「不，這肯定有蹺蹊，我跟他通訊了幾年，他從來沒有打錯過一個字或標點符號，更加不會無緣無故在訊息前加上一個『-』號。暗號，肯定藏在這兩句話之中。」

眾人聽得精神一振。

文迪攤開一張世界地圖，盯著南美洲的部分，一面比對著任超的兩句訊息，一面思量著李教授的所在。

林進勇閉上眼睛，想著平時跟任超的相處，他要掌握任超的思路。

半晌之後，他大叫一聲：「我想到了！不是文字，就肯定是數字！」

眾人還是不解地看著林進勇，莫雅琳問道：「數字？小超的訊息好像沒有數字。」

林進勇，一面看著訊息，一面拿出紙和筆寫著，口裡説道：「是字數，第一句，二、零、六、八、三、零、零……」

他一面算一面寫，最後寫出了「20.68300，-88.56870」。

然後向大家說道：「這是二加五的座標，一定沒有錯。」言罷，他用電腦開出電子地圖，在搜尋的一欄，輸入了這組意義不明的數字，按下確定之後，眾人凝色靜氣，等待著搜尋結果。

「成功了！」隨著地圖上紅色座標指向南美洲一個倉庫，林進勇知道他成功破解了任超的暗號，眾人齊聲歡呼。

文迪信心十足地說道：「之後的，就交給我們吧！」

#48 燒烤結局

在國際刑警的配合下，以及各國政府的官方交涉，當地政府在幾個小時內，就把李教授實驗室所在小區的電力和網絡完全截斷，然後派遣軍隊把實驗室內的人統統拘捕。

一場席捲全球的網絡災難，總算被瓦解於世人知感之外。

一個星期之後，已經在警隊復職的文迪重回輝騰國際金融公司，一進門就遇到在接待處閒聊的施樂晴，她見到已經離職的文迪回來，雀躍地向他問道：「文迪警長，為甚麼你會回來？是我們輝騰國際又惹上甚麼麻煩嗎？還是你又想繼續打聽公司女同事的秘密呢？」

文迪搖頭道：「都不是，我有個好消息要通知大家。」

施樂晴聞言，馬上把公司的同事都叫到門口。

同事們都到齊後，文迪朗聲說道：「今天正式收到國際刑警的通知，他們決定不起訴任超，他過幾天就可以回香港。」

各人懸在心頭的擔憂，終於可以放心下來。

文迪續道：「我提議舉辦一個輝騰燒烤活動，即可以歡迎小超回來，也為這件訊息洩漏事件作一個總結。」

聽到文迪的提議，各人都默不作聲。

經過半晌難堪的沉默，瑛姐説道：「文迪警長，舉辦個活動來總結這件事是好的，但燒烤……會不會……有點老土呢？」

文迪尷尬地答道：「老土嗎？我見劇集的結局，很多時都是這樣結尾的。」

林進勇低聲説道：「瑛姐説的前衛，未必是真的；但連她都覺得老土，就肯定是老土。」文迪的提議，在一片罵聲之下被否決了。

三日之後，任超拖著兩個行李箱，直接從機場回到輝騰國際金融公司。

升降機門打開，公司的同事們和文迪已經站在門外列隊歡迎他，瑛姐説道：「我代表公司和全球的 W 程式用戶，感謝你最後關頭，把李教授的位置通知進勇，讓大家倖免於難。」

任超拉著林進勇說道：「這不全是我的功勞，全靠進勇可以解開我的密碼，我們才能阻止教授的計劃，否則後果不堪設想。」

文迪說道：「無論如何，謝謝你們。」

掌聲響徹全公司。

莫雅琳說道：「我們在公司舉辦了個『香港美食派對』為你接風，快進來，你應該很久沒有吃過香港的美食吧。」

施樂晴接口道：「對呀，有菠蘿油、熱奶茶、車仔麵、餐蛋麵、牛腩河、燒味飯、咖喱魚蛋……小超，你想念這些美食嗎？」

任超笑道：「當然！」

瑛姐說道：「那麼，各位，開始吧！」

各人都吃得津津有味，盡情狂歡。

吃到尾聲，楊心瑤跟林進勇說：「進勇，我有話要跟你說，跟我來。」

楊心瑤領著林進勇去到沒有人的會議室，後者的心跳加速，知道她有重要的話要向自己說。

正要推門而入之際，發現本應該沒有人的會議室傳來文迪和陳美瑜的聲音。

文迪道：「美瑜，妳聽我說，我問起妳的事情，不是調查的一部分，而且這段時間，我向妳說的每一句話，做的每一件事情，都是發自內心的。」

臉色紅得像蘋果的陳美瑜低聲道：「知道了，你想說甚麼呢？」

文迪鼓起勇氣說道：「美瑜，我不是腳踏七色彩雲的蓋世英雄，只是個普通的打工族，但是我喜歡妳，請妳給我一個機會，讓我做妳的男朋友。」

林進勇聞言，忍不住笑了起來。

聽到笑聲的文迪和陳美瑜知道有人在偷聽，嚇得馬上逃離會議室。

會議室只剩下林楊二人，林進勇問道：「心瑤，有甚麼事？妳可以說了。」

楊心瑤深吸一口氣說道：「進勇，我也不是可以為愛情不顧一切的紫霞仙子，只是個普通女子。不過你之前跟我說的事，我好好考慮清楚了，我可以答應成為你的女朋友。」

她說完後，林進勇不敢相信自己的耳朵，沉默半晌才結結巴巴地問道：「心瑤！妳說真的嗎？妳肯接受我這個窮 IT 人嗎？不怕妳媽媽反對嗎？」

楊心瑤柔聲答道：「我知道你看過我跟媽媽的訊息，但其實我們很快就面對面說清楚，她根本不鼓勵我以經濟能力去衡量愛情。」

林進勇一臉認真地說道：「明白了，謝謝妳的坦白，但經過這件事之後，我想我還未準備好戀愛，但妳會是我的好好好好好好朋友。」

楊心瑤心痛地道：「我明白了，我不會勉強你。」説罷也要逃離會議室。

林進勇一手把她捉住，深情地説道：「心瑤，我只是跟妳開玩笑，其實，我真的好想好想妳做我的女朋友！」

知道被捉弄了的楊心瑤嬌嗔道：「死鬼林進勇！」

林進勇吐一吐舌頭説道：「我不敢了！」

靜靜站在窗邊一角的任超，眺望維多利亞港兩岸，低聲説道：「巧兒，我會繼續等妳，直到妳醒過來。」

《輸入中…》
全書完

看完這個故事，有沒有點意猶未盡的感覺呢？

這次的故事，刻意跟之前的有點不同，除了主線的劇情外，其他角色和情節都是約略提及，沒有開始、沒有結尾、沒有人在意，現實的人生，就應該是這個樣子。

而且給讀者留下想像空間，是很重要的。

人與人之間的溝通，主要都是依賴語言和文字。每個人的腦袋都是獨立的，就算你用最準確的語言文字去讓別人知道你想到些甚麼，其實都沒有辦法百分百表達到你腦袋中想到的一切。

假如我寫「一間屋」，每個人想到的都未必一樣。

但如果我寫「藍天下兩棵深綠色大樹間的草地上一幢單層七彩糖果屋」，大家腦海裡想到的，就會更接近。

要有想像空間，同時也不能只留白，所以要取得平衡。

人到中年，發覺很多人事都不明不白地出現，又不明不白地結束了。沒有甚麼明確的開始，也不會知道某一個人，在自己生命中最後一次交集是甚麼時候，只是很多事情，都是在後知後覺中體會。

一部小說好不好，沒有一個客觀的定義。

正如烹飪，再優秀的廚師、再好的食材，造出來的菜式，也不會讓所有人都喜歡，有些人甚至會對其中某些食材過敏。

沒有一道菜式可以讓所有人都喜歡，也像愛情，沒有一個人或者一種愛能讓所有人都喜歡。

大部分人都喜歡的，但你不喜歡，那是沒有意思的。當然，也不能盲目讚好，要說它好，至少要說得出它好在哪裡。

對一個作者來說，越多人喜歡的小說當然越好。不過，欣賞小說的人有多少不好說，所以我的要求，至少是獨一無二的。寫這部《輸入中…》時，一直想，怎樣的一部小說會讓人很深刻，而且沒有人寫過呢？於是就有了現在的完成品，希望大家會喜歡。

還有，某些隱藏支線沒有寫出來，其實互有關聯的，就看大家能否看得出當中的端倪：

兩個極端理性的天才男女校園愛情故事、李教授和張院長的過去、施樂晴暗戀的癡情道理王、楊心瑤和莫雅琳跟蔣家兄弟的關係、陳美瑜跟文迪的發展、陳美瑜媽媽當女救生員的荒唐往事、四大女神和林進勇上一輩間的愛恨情仇……

多謝各位收看，有緣再會。

輸入中

TYPING

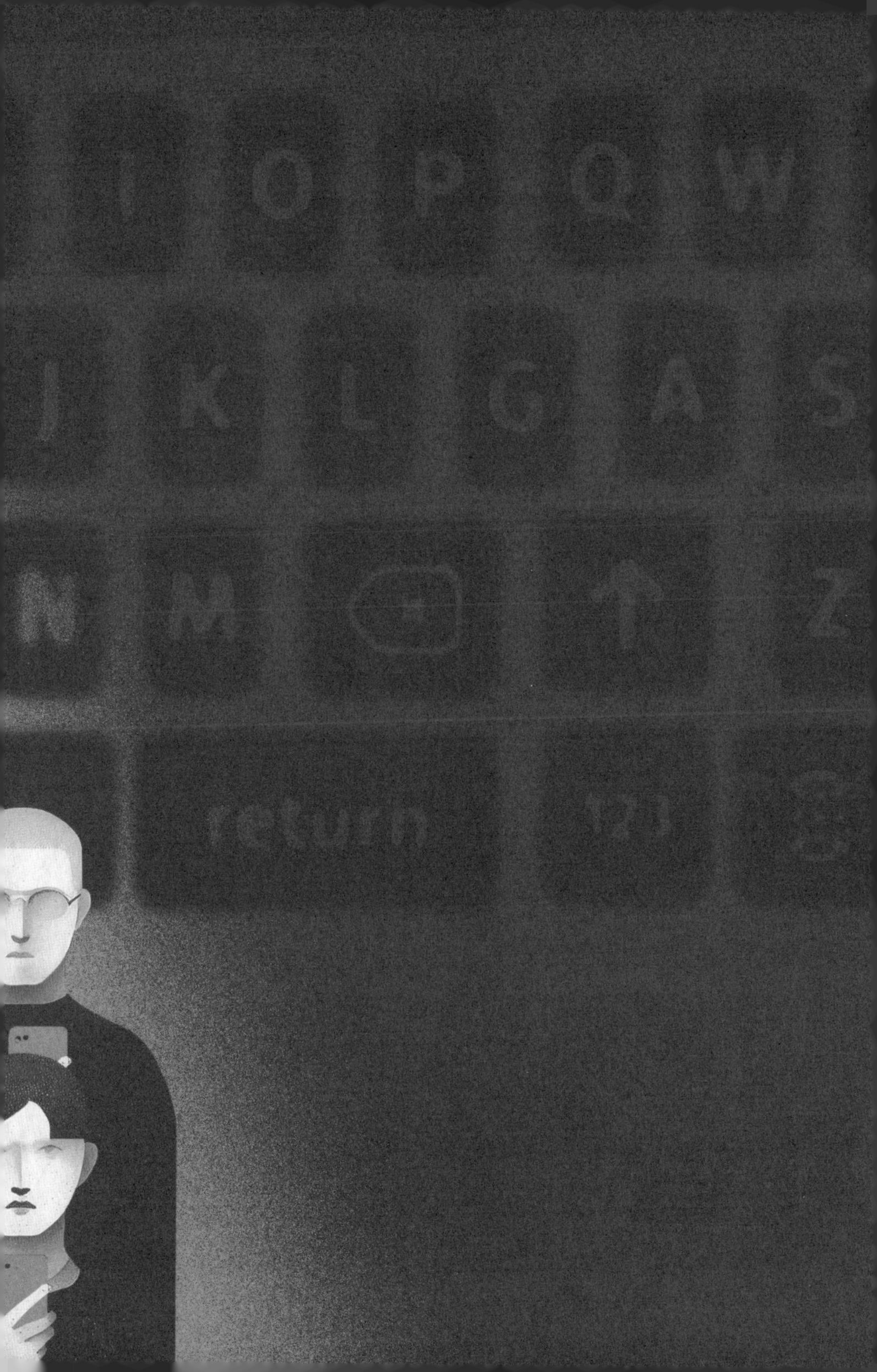
I O P Q W
J K L G A S
N M Z
return

點子出版
IDEA PUBLICATION

輸入中

TYPING

作者　尤奇

責任編輯　陳婉婷
美術設計　陳希頤

出版　點子出版
地址　荃灣海盛路 11 號One MidTown 13 樓20 室
查詢　info@idea-publication.com

印刷　海洋印務有限公司
地址　黃竹坑道 40 號貴寶工業大廈 7 樓 A 室
查詢　2819 5112

發行　泛華發行代理有限公司
地址　將軍澳工業邨駿昌街 7 號 2 樓
查詢　gccd@singtaonewscorp.com

出版日期　2025 年 7 月 16 日
國際書碼　978-988-71358-0-7
定價　$118

Printed in Hong Kong

輸入中

TYPING